AF464216

LA PLUME DU COQ DE MICILLE, OU AVENTURES DE CRITÈS AU SALLON,

Pour servir de suite aux PROMENADES *de* 1785.

PREMIERE JOURNÉE.

Irasci haud debes nostris pictura libellis
Ars tua (non vita) est carmine læsa meo
Innocuos permitte sales ; cur ludere jocis
Non liceat, licuit si jugulare tibi. MARTIAL.

Pour fronder leur Peinture ; en veut-on à leur vie ?
En sont-ils moins gras ? Non.... Qu'ils souffrent donc qu'on rie,
Et quand d'un Art divin ils enfreignent les Loix,
Qu'un Critique en jouant leur donne sur les doigts. G... AS.

A LONDRES,

Et se trouve A PARIS,

Chez HARDOUIN & GATTEY, Libraires de S. A. S. Madame la Duchesse de Chartres, au Palais Royal ;

Et chez LES MARCHANDS DE NOUVEAUTÉS.

M. DCC. LXXXVII.

AVIS.

Il vient de paroître une Critique ſur le Sallon, intitulée, *Promenades d'un Obſervateur*, dont la forme, le titre & la diſpoſition, des citations même, pourroient faire préſumer que cette brochure a quelque rapport avec les *Promenades* de 1785. La publication de ces *Aventures* détruira l'opinion qu'on auroit pu concevoir que ces *Promenades* ſont la ſuite des anciennes.

Des circonſtances fort déſagréables ont empêché ces *Aventures* de paroître lorſqu'elles l'auroient dû; mais on n'y perdra rien.

On trouve chez Hardouin *&* Gattey *les Promenades de 1785.*

Lundi prochain 17 la SECONDE JOURNÉE.

LA PLUME DU COQ DE MICILLE.

INTRODUCTION TRÈS-PHILOSOPHIQUE A PROPOS DE PEINTURE.

CHAQUE chose ici bas, a une forme qui lui est propre; chaque animal, une allure qui lui convient; chaque homme, une habitude qui le porte bon gré malgré vers tel ou tel objet. Aussi le bon Horace, qui se connoissoit comme pas un aux choses de la vie, avoit coutume de dire : « Chassez le naturel à coups de fourche, naturel

» toujours reviendra (1) ». Perſe, qui n'étoit pas un ſot non plus, avoit la même opinion : « Ce » que vous fîtes hier, diſoit-il, vous le ferez » aujourd'hui, vous le ferez demain, encore » demain, encore après demain, encore..... » vous le ferez toujours (2) ».

Puis-je aller autrement que ne fait ma famille ?
Veut-on que j'aille droit quand on y va tortu ? (3).

Eſſayez-y donc, vous autres gens ſi habiles, qui croyez pouvoir arrêter le cours des rivieres, & empêcher les écreviſſes d'aller à reculons. Pour moi, qui n'ai pas plus d'eſprit que ma mere ne m'en a fait, j'y ai perdu mon latin.

Par exemple, il y a deux ans, j'ai confeſſé au public que j'étois né curieux, bavard, indiſcret & médiſant. Eh bien, depuis deux ans j'ai fait les cinq ſens de nature pour m'*amender*. J'ai été trois fois . . . .

. . . .

. . . .

. . . .

. . . . Point d'amendement..... Eſt-ce ma faute ?

Quand j'ai vu qu'il n'y avoit rien à faire du

(1) Epitre X, liv. I.

(2) Satyre V, vers 66 & précédens.

(3) La Fontaine, liv. XII, fable X (l'Ecreviſſe & ſa fille).

côté des morts, je me ſuis retourné du côté des vivans.

D'abord, j'ai été trouver M. l'Abbé de l'Epée, pour ſavoir ſi, lui, qui avoit de ſi excellens moyens pour faire parler les Muets, n'en n'auroit pas d'aventure pour faire taire les Bavards. Il m'a envoyé chez les Trapiſtes. Apparemment que ces bons Religieux n'ont pas de patience; car ils m'ont chaſſé dès le lendemain, ſans me dire le pourquoi, avec un certificat pour les Incurables..... Eſt-ce ma faute?

Vous êtes curieux, Critès;.... vos yeux ſont le miroir qui réfléchit les objets vers leſquels le démon de la curioſité vous entraîne. Allons! il faut vous les faire créver.... Je me réſigne; je vais un beau jour chez M. Horatius-Cocles, oculiſte des Quinze-Vingts. M. Horatius-Cocles me fait, je ne ſais quelle opération; (Voyez un peu quand le malheur en veut à un homme!) au lieu de me créver les yeux il me rend la viſiere plus nette du double; de façon qu'actuellement je vois deux ſots pour un..... Eſt-ce ma faute?

Indiſcrétion maudite, je me déferai de toi, ou ne pourrai! — Je m'adreſſe à toutes les femmes les plus diſcrettes de Paris. Chacune me prêche quatre heures d'horloge ſans me rien dire. J'en trouve une enfin bien babillarde, qui me dit en deux mots : *Que le ſeul moyen de me guérir, eſt de ne voir ame qui vive.* A la bonne-heure! Je me tiens clos & coi ; je n'ai d'autres converſations qu'avec mon bonnet de nuit (1). Il eſt bien naturel qu'un galant homme, qui n'a à qui parler, s'entretienne au moins avec ſon bonnet de nuit. Je lui confie, ſous le ſceau du ſectet, que *Tarare* eſt le plus pitoyable des Opéra, quoique l'auteur ſoit au fond un homme de beaucoup, beaucoup, beaucoup d'eſprit. Après trois ſemaines de retraite, je vais en campagne pour vingt-quatre heures. Je reviens ; & mon bonnet de nuit avoit dit mon ſecret à l'*Ami de la maiſon* ; l'Ami de la maiſon l'avoit dit à ma femme ; ma femme l'avoit dit à la voiſine ; la voiſine l'avoit dit à ſon amant, lequel étoit trompette de la ville : & voilà que la ville, les fauxbourgs, la banlieue ſavent, tout comme moi, que *Tarare* eſt le plus pitoyable des opéra. Les mauvaiſes gens, pour me faire piece, ajoutent que mon *correctif* eſt une palynodie, de façon que l'auteur s'en pique, & doit (à ce qu'il dit) m'intenter un procès pour l'indiſcrétion de mon bonnet de nuit..... Eſt-ce ma faute ?

(1) Comme alors je n'avois pas encore lu Le Mercier, je ne ſavois pas que les *Bonnets de nuit* fuſſent indiſcrets.

Les médecins ſont comme les prédicateurs ; il n'y en a pas qui faſſent des cures plus merveilleuſes que ceux qui ne ſuivent pas leurs ordonnances..... Préciſément je connoiſſois, rue Boucher, un médecin bien médiſant; j'allai le conſulter.

« M. le médecin, voyez ma langue : je crois, dieu me pardonne, que les ſots ont jeté un ſortilege deſſus; car je n'en peux rencontrer un ſeul qu'elle ne me démange. . . . N'auriez-vous pas quelque beaume anti-médiſant, qui fît dire tout le contraire de ce qu'on penſe? »

Mon ami, me répondit-il, votre cas me touche. J'ai là d'un élixir encyclopédique, approuvé par l'Académie, duquel Mathieu Laenſberg de Liége m'a donné la recette. J'en ai fait l'eſſai ſur des ivrognes, ſur de vieux avares, ſur des coquettes, ſur des petits-maîtres, ſur des étoffes, & *particuliérement* ſur les mauvais auteurs. Auſſi, voyez-vous depuis quelque temps: les ivrognes ont ceſſé de boire, les avares jettent l'or par les fenêtres, les gazettiers ne mentent plus, les coquettes ſont modeſtes, les petits-maîtres ont le ſens commun, le camelot a perdu ſon pli; par conſéquent on ne fait plus que de bons livres. Il n'y a guère que ſur la *médiſance* & la *rage* que je ne l'aie pas encore éprouvé;

mais je ne doute pas du ſuccès. Adieu! vous m'en direz des nouvelles.

Encore une fois, Meſſieurs, ſi ce méchant médecin m'a attrapé, ſi ſon élixir n'opere pas, ou qu'en opérant, il produiſe un effet pire que le mal; enfin, ſi je vais cette année au Sallon, & que par la vertu de mon élixir je trouve tout beau, tout merveilleux, tout ſublime, & qu'il m'arrive de m'extaſier devant *Bétis* (1), de m'enivrer aux *Fêtes de Bacchus* (2), de me laiſſer enchanter par *les Breuvages de Circé* (3), ou de me mêler aux ſoldats de *Pélopidas* (4), pour lui rendre des honneurs divins; & qu'au bout de tout cela on prenne mes éloges pour de la ſatyre..... Sera-ce ma faute?

(1) N°. 5. Bétis attaché à un char par les ordres d'Alexandre.

(2) N°. 83. L'Automne, ou les Fêtes de Bacchus.

(3) N°. 13. Ulyſſe forçant Circé à lui rendre ſes Compagnons.

(4) N°. 334. *Honneurs rendus à Pélopidas, Général des Thébains, par ſes Soldats.* Deſſin placé au fond de la travée de la derniere croiſée, à droite en entrant.

PREMIERE JOURNÉE.

JE ſuis un grand pécheur, un pécheur même incorrigible, comme on vient de le voir. Malgré cela, je remercie le Ciel des défauts qu'il m'a donnés, puiſqu'en même tems, il a daigné me garantir d'un grand nombre de vices; tels, par exemple, que de la ſotte vanité qu'il faut pour être protecteur, & de la baſſe complaiſance qui eſt néceſſaire pour être protegé.

Il m'eſt arrivé pourtant une fois en ma vie de réclamer la protection d'un homme d'importance (1). Ce fut il y a deux ans lorſqu'il me prit fantaiſie d'aller me *promener* au Sallon. Je payai bien cher ce tort d'un moment, & mon aventure de la gallerie d'Apollon, le cruel traitement que j'y reçus (2), me laiſſera de trop longs ſouvenirs, pour que je retombe jamais en pareille faute.

Qu'on n'aille pas s'imaginer cependant, que je ſois homme à refuſer les ſervices d'un ami

(1) Le Valet-de-chambre du Secrétaire d'un Honoraire, qui me fit entrer d'avance au Sallon, en 1785.

(2) Voyez la troiſieme Promenade au Sallon de 1785.

véritable ; au contraire : les obligations qu'on contracte avec lui sont une chaîne dont le poids est doux, & qu'on porte avec précaution, dans la crainte que la moindre secousse n'en rompe les anneaux.

Les personnes avec lesquelles je suis lié, peuvent me rendre justice à cet égard ; mais de tous ceux aux témoignages de qui je pourrois en appeller, aucun n'est plus dans le cas de fixer l'opinion qu'on doit avoir de mes principes, que M. Dalbeaud.

Son grade à l'Academie (1) fut le premier motif qui m'engagea à faire sa connoissance. Bientôt la sympathie de nos humeurs, la conformité de nos goûts, la réciprocité de nos sentimens & de nos habitudes, nous rendirent nécessaires l'un à l'autre. *Ses grandes connoissances en peinture* acheverent de me rendre inséparable de ce digne & respectable ami.

(Je réclame l'indulgence de mes lecteurs sur cette digression : avec un peu de patience ils verront qu'elle n'est pas tout-à-fait hors de propos.)

Ce que je ne voulois point obtenir à titre de protection, je desirois le devoir à l'amitié.

---

(1) M. Dalbeaud a l'honneur d'appartenir à l'Académie en qualité de son Limonadier ordinaire.

J'avois donc prié mon cher Dalbeaud de me procurer un billet de M. ** pour entrer au Sallon avant l'ouverture publique. C'étoit précisément le jour où j'étois allé me consulter sur mon péché de médisance. Je rentrois chez moi tout fier de n'avoir bientôt plus que trois péchés à porter à confesse. J'y trouve mon ami, ma femme, mes enfans & ma servante Fanchette, dans une consternation générale.

Quoi ! ... qu'est-ce ? ... qu'y a-t-il ? ... le feu ? ... les voleurs ? ... mon procès ? ... le Diable ? ... Figaro ? ... qui ? ... Dites, parlez, répondez, répondez donc, Dalbeaud !

Pire que tout cela, mon cher Critès! ..... Voilà ce que c'est aussi, de se moquer des Valets-de-chambre des Secretaires des Honoraires ; des Guillaume Troussain ; des têtes qui ne tournent point, & de faire accroire aux amateurs de la rue Greneta : qu'une incendie est un feu de joie, & le marché aux poissons de Rome la moitié d'un miracle. Que Priam! .... (1) —

Eh, mon ami, tire-moi d'embarras!
Tu feras après ta harangue.

— Eh bien, mon cher Critès : Arrêté par un *bill* de ces Messieurs, que le Sallon de cette

(1) Voyez la deuxieme Promenade au Sallon de 1785, pag. 9 & suiv.

année ſera fermé à tous Critiqueurs. Vour êtes particulierement conſigné; M. le Concierge lui-même, malgré les bons offices qu'il vous a rendus il y a deux ans, eſt horriblement prévenu contre vous; il n'y a pas juſqu'à ſon chien qui, par eſprit de Corps, ne ſoit entré dans la ligue; & voici tantôt quinze jours qu'on le ſtyle à mordre les mollets d'un Mannequin qui vous reſſemble. Les Suiſſes, qui ſavent lire, ont votre ſignalement par écrit; on l'a peint à ceux qui ne le ſavent pas. Les Eleves de M. * * *, qui tremblent que par repréſailles, vous ne donniez *feve noire* à ſon Moliere ont eu la méchanceté de modeler votre buſte. Je viens de le voir; ſourcils épais, nez étoffé, ſourire ſatyrique; c'eſt vous, c'eſt vous-même : ils n'ont oublié que vos oreilles. Le bruit court qu'ils veulent y attacher les vôtres. En grace, mon cher Critès, n'y allez point, ſi vous tenez à vos mollets, & ſi vos oreilles vous ſont encore cheres.

Ma femme & mes enfans ſe joignirent à Dalbeaud, pour m'empêcher d'aller au Sallon. Pour tes oreilles paſſe, me diſoit en pleurant Mde. Critès; mais tes mollets! tes mollets! ... Au nom de Dieu, mon cher mari, n'y va pas je ſerois inconſolable, ſi! ...

Coriolan, Regulus, l'aîné des Horaces, & le fameux reſtaurateur du Lutrin, éprouverent mal, gré eux je ne ſais quelle émotion, en voyant couler les pleurs de leur famille. Je le confeſſe; je ne pus (à leur exemple) me garantir d'un moment de foibleſſe.

Et mon cœur éperdu
Entre deux paſſions demeuroit ſuſpendu;
Mais enfin rappelant mon audace premiere:
» Ma femme, mes enfans, dis-je d'une voix fiere,
» Je ſuis un deſcendant du perruquier l'Amour.
» Les Suiſſes & les chiens duſſent-ils en ce jour
» Me ronger les mollets, m'arracher les oreilles,
» J'irai voir du Sallon les *ſublimes merveilles* (1).
» Il faut partir; je cours; diſſipez vos douleurs,
» Et qu'on ne cherche point par ces indignes pleurs,
» A jetter dans mon ame une terreur panique,
» Pour me ravir l'honneur de faire.... une critique.»

Dalbeaud! as-tu du cœur?... Suis moi. — Mais mon cher Critès! ce chien du concierge? — Je l'éreinterai. — Mais! ces grands Suiſſes avec leurs grandes hallebardes? — Je les aſſommerai. — Mais! votre porrrait ſans oreilles? — J'y attacherai celles du premier Eleve de M.***, qui aura la hardieſſe de me reſiſter; c'eſt la loi du talion. — Mais! — Mais enfin, Dalbeaud, puiſqu'il faut te dire tout; j'ai pillé dans Lucien un moyen fort plaiſant,

(1) *Sublimes*, pour faire le vers; *merveilles*, pour rimer.

d'entrer au Sallon *ſans être vu de perſonne que de ceux qu'il me plaîra, & de rendre même inviſibles ceux que je jugerai à propos.* (1) Quand j'y ſerai une fois ; je conſens à avoir la mine auſſi baſſe que le crocheteur qui a ſervi de modele à M. Lagrénée l'aîné, pour ſon Satrape de Darius, ſi tous les Allobroges de l'univers m'en chaſſent.
n°. 5. Que n'ai je penſé plutôt à cette plume merveilleuſe! je t'aurois évité bien de la peine, & bien des regrets .... Partons, je te dirai le reſte en chemin. Adieu Madame Critès! Soyez ſages mes enfans! .... Baiſe moi, ma fanchette!

ARRIVÉE DE CRITÈS AU SALLON.

Malgré les aſſurances que j'avois données au bon Dalbeaud, que j'avois hérité de la plume du coq de Micille, (1) l'un de mes ancêtres,

---

(1) Il eſt important de ſe rappeler que Critès peut, quand il le voudra, être viſible & inviſible dans le même inſtant ; être viſible pour telle perſonne, inviſible pour telle autre ; & comme, pour ne pas ralentir l'action, ces diſparates ne ſe ſont point toujours indiquées, il faut que le lecteur ſe prête à l'illuſion.

(2) Micille, Savetier Grec avoit un Coq dont l'une des plumes de la queue rendoit *inviſible*, & faiſoit *ouvrir toutes les portes.* Le dialogue que Lucien fait faire entre Micille & ce Coq, eſt un badinage vif & léger, ſous lequel l'auteur déguiſe la morale la plus pure, & donne les leçons les plus ſérieuſes ſur l'inſtabilité des choſes humaines, l'incommodité des grandeurs & des richeſſes;

il ne put s'empêcher de trembler du plus loin qu'il apperçut le chien de M. Phelippeaux, qui alloit flairant toutes les jambes. Ce qui l'effrayoit sur-tout, étoit mon buste sans oreilles. Il alloit me faire de nouvelles instances : pour m'y soustraire, je me rendis invisible. Il se douta de mon intention, & il rentra dans son caffé en disant cinq *Pater* & cinq *ave* en l'honneurde S. George, pour qu'il daignât favoriser mon entreprise.

Pour rendre l'aventure plus piquante, je m'étois fait voir, à vingt pas, assez de tems pour qu'on me reconnût. L'alerte étoit générale ; j'avancai ensuite, ma plume à la main, & disposé a bien recevoir les audacieux qui s'opposeroient à mon passage.

Le premier qui se présente fut l'alerte *Turcamort*, que l'odeur de mes mollets attiroit ; je l'étends mort d'un coup de plume : « va, lui dis-je, » flairer chez Pluton les mollets de Menippe ». Le brave *Kolliker* arrive sur le coup. Un vigoureux argument de ma plume sur le tibia, lui prouve qu'il feroit mieux d'aller mesurer la terre.

& où il se moque, d'une maniere ingénieuse & piquante, des rêveries d'Homere, de la mythologie de Pythagore ; & où il prouve enfin qu'un honnête homme *est bien plus heureux & plus en sûreté d'être courbé sur son ouvrage, & de couper son cuir, que de boire dans des coupes d'or, l'aconit & la ciguë présentés par les mains de l'amitié.* (LUCIEN.).

Le beau *Fabre*, le bon *Youx*, le renfrogné *Bardet*, viennent à ſon ſecours. Ma plume les renverſe tous. Ce fut en vain, rubicond *Anſeley*, que Bacchus eſſaya de te ſouſtraire à mes coups; ſon thyrſe mollit contre ma plume; tu tombas cette fois, étonné de t'en appercevoir. Je cherchai après cela, les Eleves de M. * * *. Je les vis de loin qui s'aſſuroient s'ils avoient des jambes.

N'ayant plus d'ennemis à combattre, j'aviſai mon buſte qui *n'entendoit rien* à tout ce charivari, mais qui n'en rioit pas moins de toute ſon ame de me voir renverſer des Suiſſes, aſſommer des chiens, mettre en fuite tout le monde; & tout cela *à coups de plume*. Je l'enleve, & après avoir reçu, dans la Cour des Figures, les complimens de Meſſieurs Ajax, Racine, Bayard, Moliere, Luxembourg & Phryxus, avoir demandé la bénédiction à Saint Vincent-de-Paul, baiſé le petit Jeſus, & avoir invoqué l'interceſſion de la Vierge de M. Delaître, j'allai le dépoſer dans l'une des travées du Sallon, vis-à-vis le portait de M. de Crones, que je ſaluai, & à la bienveillance duquel je le recommendai.

Me voici donc au beau millieu du Sallon, vainqueur de tous les obſtacles, libre d'en parcourir les quatre coins ſans que perſonne pût y trouver à redire, d'entendre tout, ſans que perſonne s'en doutât; de paſſer en revue les gens de toutes les claſſes, de toutes les conditions, ſans être, ſi je le voulois, expoſé à l'examen de qui que ce ſoit ; ayant la faculté de tout faire ſans craindre la cenſure; pouvant enfin, comme mon ayeul *Micile*, le ſavetier, donner ſur l'oreille au premier faquin de Simon qui s'aviſeroit de me contrarier (1).

On ſe doute bien, après l'outrage ſanglant de MM. les Peintres de l'Académie, que je n'étois pas diſpoſé à louer. *J'avois caſſé, de dépit, la bouteille d'Elixir en queſtion*, de ſorte qu'au lieu d'être guéri de ma médiſance; mon mal, au contraire, s'étoit accru. Ma plume de coq donnoit une libre carriere à ma vengeance; il ne s'agiſſoit donc que du choix des moyens qui pouvoient la rendre plus âpre, & en même tems plus aſſurée.

Si je m'étois contenté de critiquer ſuivant mon uſage ordinaire, & d'aller, par exemple, devant le tableau de M. Vien, & d'en blâmer l'ordonnance ſage, l'exécution facile, la beauté des formes, la pureté du deſſin, la nobleſſe M. Vien, n°. 1.

(1). Simon, perſonnage de Lucien, auquel Micille ne put s'abſtenir de donner un vigoureux coup de poing ſur la mâchoire.

M. Vien, n°. 1. du ſtyle, l'exactitude des coſtumes, les charmes d'un pinceau toujours attrayant, toujours ſuave, & ces graces inexprimables dont j'enrage, & qui décelent ce qu'on doit penſer d'un Peintre qui les appelle encore dans un âge qui a coutume de les effaroucher; je verrois tout le monde s'élever contre moi, & me forcer, malgré mon *taliſman*, à admirer ſon Andromaque, & à donner mille baiſers à ſon Aſtyanax, & peut-être à faire une chanſon à ſa Glycere qui cueille des fleurs. J'aurois beau (pour trouver au moins quelque choſe de juſte à redire) j'aurois beau crier que ſon Hector n'eſt pas auſſi noble qu'il le faudroit; que la Nourrice..... que ſes Chevaux ſur-tout..... que l'Enthouſiaſme enfin.... Tais toi, n'acheve pas, me diroit Voltaire, que je ne pourrois pas aſſommer puiſqu'il eſt mort; tais toi, Critès maudit; Fréron reſſuſcité, à ſon eſprit, près que tu n'auras jamais; écoute ces vers que je fis jadis pour Le Sueur (1) & pour lui.

C'eſt en vain qu'un Critès voudroit défigurer
Du Zeuxis des François les ſavantes peintures,
L'honneur de ſon pinceau s'accroît par tes injures;

---

(1). On ſait que les éleves de Le Brun, excités par leur maître, chercherent à dégrader & dégraderent les peintures de ce grand homme aux Chartreux. Ce qui les obligea à enfermer ſes tableaux; & que ce fut à ce ſujet que Voltaire fit ces vers.

Ses lambeaux déchirés en sont plus précieux,
Ses traits en sont plus beaux, & toi.... *cherche la rime.*

...Et va-t-en, si tu ne veux pas que je te rende borgne comme Zoïle.

Pour éviter des apostrophes aussi déloyales, il s'agissoit de trouver un moyen adroit & neuf qui pût remplir mes vues, & satisfaire mon ressentiment. M. Billecoq, n°. 117 & 118.

J'avois risqué de consulter l'Astologue, & le Philosophe de M. Billecoq; mais ils étoient l'un & l'autre si sots, si froids, si mal bâtis d'esprit & de corps, qu'ils ne me parlerent, l'un; que de son bel astrolabe, de sa belle boussole, de sa belle sphère, de son beau compas, de sa belle règle de proportion; & l'autre, de ses belles cruches, de ses beaux fournaux, de son beau tapis de table, de sa belle marmite, & je crois, dieu me pardonne, des beaux choux & des belles carottes qui étoient dedans; de façon qu'en sortant de chez eux, je ne pus m'empêcher de dire au peintre que je rencontrai: » M. Billecoq, vous » êtes un loyal garçon; je vous connois, vous n'a-

Mais, ce que tout le monde ne sait pas, c'est que les Chartreux de Rome furent également obligés de fermer la galerie qui regne sur le cloître de leur monastere, pour éviter que pareille chose n'arrivât aux gravures des tableaux de ce maître; qui irritoient les Romains, jaloux du mérite du Zeuxis des François. (*Dubos. 2e partie. pag. 419.*)

M. Billecoq, n°. 117 & 118. » vez pas trempé dans la conjuration contre mes
» oreilles, attendu que vous n'êtes qu'agréé en
» peinture & en malice ! Eh bien, *par représailles*,
» permettez que je vous donne un conseil d'ami.
» Imitez le Médecin de Florence qui,

» Laissant de Gallien la science suspecte,
» De méchant médecin devint bon architecte.
» Son exemple est pour vous un précepte excellent ;
» Peignez, peignez des pots, si c'est votre talent.

» Et chassez-moi cette canaille de Philosophes,
» d'Astrologues, de diseurs de bonne aventure,
» qui ne sont eux-mêmes que des cruches ; mais
» des cruches mal encruchées, qui ont pris un
» mauvais pli à la cuisson ; & dites aux gens qui,
» abusant du mot, vous reprocheroient de n'être
» qu'un peintre de cruches :

» Il est dans tous les arts des degrés différens ;
» On peut avec honneur remplir les seconds rangs.

M. Sauvage, n°. 92, 94 & 95. » Témoin M. Sauvage, qui vous fond du bronze,
» qui vous modèle de la terre cuite à coups de
» pinçeaux, & qui vient encore de me faire l'illu-
» sion la plus agréable tout à l'heure, mais il me
» le paiera pour plus d'une raison, car je jetterai
n°. 96. » ses camées dans la rue, où je gage bien que

» M. Dégault (1) ne daignera pas les ramaſſer, à » moins qu'il n'ait quelques groſſes de fournitures » à faire pour les Iſles, ou quelque vieux fonds » de boutique ruiné à remonter. »

Donner un avis ſalutaire à un homme qui en profitera, s'il eſt ſage, n'étoit point ce qu'il me falloit ; j'étois harcelé par mes idées de vengeance. Comment faire ? comment m'y prendre ?

J'étois tout penſif, planté ſur mes pieds comme un terme, ou, ſi l'on veut, comme l'Alexandre de M. Lagrenée l'aîné, allongeant le cou comme un des buſtes de M. Berruer ; faiſant auſſi laide mine que certains portraits du ſallon, dont les originaux auroient bien dû conſulter le ſinge de la Fontaine, avant de ſe faire peindre (2) ; n'ayant pas plus de mouvement qu'il n'y en a dans l'automne de M. Callet, quoiqu'on y danſe ; ne faiſant pas plus attention à mon exiſtence, qu'on ne fait attention à certains deſſins ; j'étois nul enfin, lorſque tout-à-coup un gros

---

(1). M. Degault créateur du genre de peinture, qui a pris le nom des objets qu'il repréſente. Le mérite de M. Degault dans le camée, eſt trop connu & trop avoué, pour s'etendre ſur ſon ſujet. D'apres cela il faut croire que M. Sauvage eſt bien modeſte, (lui qui eſt de l'Académie) pour ſe traîner de ſi loin ſur les pas de M. Degault, (qui n'a pas l'*honneur* d'en être.)

(2) Fable VII, vers 12 & 13.

éclat de rire, & un cri perçant partis en même-tems de droite & de gauche, me firent faire un bond de trois coudées.

Le Rieur étoit l'ami Dalbaud, qui s'étoit enfin hasardé à venir me joindre, & qui, par précaution, avoit mis sa perruque dans sa poche pour n'être pas reconnu.

Depuis un quart-d'heure, ils regardoit les différentes attitudes de surprise que je causois à ceux qui venoient se jetter sur moi, & qui restoient tout stupéfaits de ne savoir, par qui, ni comment, ils avoient pu être froissés, dans un endroit où ils ne voyoient pas même une ombre. Ce qui avoit particulièrement fait éclater le bon homme, étoit une aventure assez réjouissante, dont les suites eurent, comme on va le voir, le succès le plus heureux.

Madame Le Brun, n°. 104. Mademoiselle Raimond venoit d'entrer comme une folle, & dans le même costume qu'elle a dans son portrait; elle s'étoit heurtée rudement le nez contre mon menton, en courant remercier Madame le Brun du joli cadeau qu'elle lui a fait, de la rendre aussi aimable en peinture, qu'elle l'est en personne. Comme il lui étoit impossible de me voir, elle présuma que c'étoit ce bon Guillaume Troussain, dont j'ai parlé il y a deux ans, & qui se trouvoit par hasard auprès de moi.

N°. 105. Caillot, *auquel je ne connoissois pas un frère ju-*

meau, étant tombé dans la même mépriſe, s'étoit jetté en bas de ſon portrait pour punir l'inſolent : il le bourroit à coups de croſſe de fuſil, d'une ſi rude manière, que ç'en étoit fait ; & le pauvre Guillaume n'auroit plus vendu d'allumettes, ſi je ne fuſſe venu à ſon ſecours. Madame Le Brun, n°. 105.

Je ſentis qu'il falloit un peu fanfaroner avec un gros gaillard de bonne mine, armé d'un fuſil de chaſſe à deux coups, lequel auroit pu me faire crier miſéricorde comme à Sancho-Pança, lors de ſon aventure chez la Ducheſſe.

» Bas les armes, lui criai-je en me découvrant ! je m'apelle Alexandre Iſidore Chryſoſtôme Critès, qui a pourfendu ſix ſuiſſes, y compris le chien de M. Phelippeaux, qui eſt du Canton de Berne. Je ſuis couſin-germain de Gargantua, qui a emporté les cloches de Notre-Dame dans ſa poche, & a mangé ſix Pélerins en ſalade ; & j'ai pour compere Briarée, aux cent bras, qui a jetté Pelion & Oſſa à la tête de Jupiter. Rends-toi, Nécromancien, ou, d'un coup de plume, je te noye avec le Duc de Brunſwick.

Quoique le brave Caillot n'eût pas un *beau chapeau bordé*, un *bel habit* ni un *jonc à pomme d'or*, acceſſoires dont ne parle point M. Teraſſe, dans l'éloge qui vient de remporter le prix à l'Académie Françoiſe, la crainte d'être noyé dans un mauvais tableau, le fit trembler comme Soly- M. Willes.

man, lorſqu'il vit les laides grimaces du géant Adraſte, qui venoit d'être percé d'outre en outre M. Vincent, n°. 22. par l'épée de Renaud, quelques inſtans auparavant que cet intrépide guerrier, dont les armes *azurées* étoient devenues *vermeilles* du ſang des ennemis, n'allât (1) faire le dameret auprès d'Armide, *in quelle valli ombroſe l'orme ſue erranti*, *il caſo*, *abbia condutte*, ce qui veut dire en françois dans une *vallée beaucoup plus ſombre* que celle où M. Vincent, (2) *ne l'a conduite*.

Dans un ſiècle où il ſuffit d'être impudent, & de ſe donner des airs pour réuſſir & en impoſer même au mérite, on ne doit pas être étonné, que mon intrépide chaſſeur n'ait treſſailli lorſqu'il m'entendit parler comme un gros Seigneur, renflé de ſes titres & bouffi de ſa condition, parle à des vaſſaux qui valent mieux que lui. Il ne fit qu'un ſaut dans la cadre où tout le monde, excepté moi, (on connoît mes raiſons) trouve que le pinceau de Madame le Brun la fixé d'une manière auſſi aimable que vraie.

---

(1) Vide ei Renaldo; e benchè omai *vermigli*
Gli azzuri ſuoi color ſian divenuti :
E *inſanguinati* l'aquila gli artigli
E 'l roſtro s'abbia; i ſegni ha conoſciuti.
Chant XX, Jéruſalem délivrée.

(2) Quelques aventures, qu'on ne prévoit pas encore, feront *peut-être* dire à M. Vincent ce qu'on penſe de ſon tableau, qui rachette ſes défauts par mille beautés de détail.

Morbleu ! lui dis-je, quand je vis *sa tête dans la toile* : remerciez Dieu, qui vous a crée, & qui a crée aussi les lapins, d'avoir permis que Madame Vallayer Coster, ait fait la plus belle chasse du monde, & nous ait donné cette année le meilleur, & le plus beau gibier que j'aie vu de ma vie; sans cette circonstance, & l'envie que j'ai de la lui voler, pour lui apprendre à se mettre à la tête de la ligue infernale, qu'on a faite comme moi ; vous n'en seriez pas quitte à si bon marché : & je saurois bien vous forcer à me remettre votre gibeciere. Cependant, comme vous êtes le vaincu, vous savez les loix du combat, je vous enjoins de porter à ma petite Fanchette, *dame de mon cœur & de mes pensées*, cette jatte de pêches & cette corbeille de raisins, & faites attention que les oiseaux ne viennent, par méprise, en altérer la fraîcheur en les béquetant. Vous m'en répondrez.. En attendant, chantez moi une chanson.

Madame Vallayer, n°. 68, 72 & 75.

N°. 70.

J'avois enlevé à M. Roland de la Porte, un cahier de musique ; & je l'avois mis en pieces pour me venger de ce qu'à son âge, après avoir en quelque sorte abandonné la peinture depuis quinze ans ; il s'avisoit de reparoître au salon, moins pour y exposer deux jolis tableaux, que pour se procurer le malin plaisir de signer ma sentence. J'en rapprochois les morceaux, mais

M. Roland de Laporte, n°. 57.

Caillot, trop preſſé de me ſatisfaire, & me croyant d'auſſi mauvais goût, que la plus part des gens qu'il voyoit, ſe mit à chanter. . . . .

(*Je ſuis né natif de Ferarre*). — fi! fi! lui dis-je, il n'y a qu'une nation comme la notre, où il y ait des auteurs aſſez effrontés, pour faire de pareilles Figaro, n° (c) ordures; & un public aſſez ſot & aſſez d'épravé, pour y applaudir. — Tenez : ferme, ſur cet air de bravoure! c'eſt du vieux temps, on y parle du bon Henri, dont vous êtes le voiſin.

Le Sallon n'eut pas plutôt retenti de ſa voix ſonore & brillante, que voici tous les tableaux qui s'agitent en cadence ; la toile s'anime; le marbre s'amollit ; Priam ne ſait plus ce qu'il vient demander à Achilles; Socrate obtient un ſurſis de ſes juges; ſes diſciples font tréve à leur douleur; Cyanippe reſſuſcite; Virgile interrompt ſa lecture; Bayard accourt; Renaud oublie Armide; & moi je ſuſpends ma colere contre ces Meſſieurs de l'Académie ; & nous allons tous rendre nos hommages au bon Henri de M. Vincent, n°. 23. M. Vincent, lui conter chacun nos petits chagrins. Il nous conſole, & m'ordonne à moi en particulier d'*oublier mes reſſentimens.* Mais, Sire, lui dis-je : ils ont pourtant voulu me faire manger les mollets, & m'arracher . . . . Ventre ſaint gris, mon cher Critès, mes peuples m'en ont voulu faire bien d'autres ; cela ne m'a pas empêché de les aimer de tout mon cœur. Il voulut bien me permettre de lui dire quelque chose à l'oreille ; .... il en rit beaucoup ; me demanda si elle étoit jolie ; .... si la femme s'en doutoit ; .... si malgré cela j'aimois bien mes enfans.... Pourquoi donc, me dit-il, après que j'eus satisfait à ses questions, Adelaïde & Elisabeth ne sont-elles pas venues ? — Hélas ! Sire, c'est que Madame Adelaïde s'est trouvée mal de saisissement & de joie, en entendant prononcer votre nom ; & Madame Elisabeth est bien vîte descendue dans le parterre de M. Van Spaendonk, pour y cueillir des fleurs dignes d'être offertes à un Roi (1), & telles, je crois, que vous auriez peine à en trouver de plus belles & de plus fraîches dans les Champs Elisées. La voici qui accourt avec une couronne & des guirlandes. Madame Adelaïde la suit : son zele apparemment lui aura donné des forces. Elle vous apporte un dessin bien précieux. Ah ! mon bon Hen.... ah ! Sire, laissez-le lui ; elle en mourroit s'il falloit qu'elle se séparât un instant de trois têtes aussi cheres. Tenez, tenez, Sire, voyez avec quelle expression, après les avoir baisées, elle les serre contre son cœur !....

M. Vincent, n°. 23.

M. Wan-Spaendouk.

M. Guyard, n°. 109 & 110.

J'admirai la contenance noble & simple de

(1) Ce tableau est pour le Roi.

M. Guyard, n°. 110. Madame Adelaïde. Je baiſai humblement ſa robe ſans qu'elle s'en apperçût, & je la priai de me permettre d'aller lui rendre viſite dans ſon appartement. Elle ne me répondit point. La bonne Princeſſe! Je ne peux pas lui en vouloir. Elle étoit ſi préoccupée, qu'elle ne m'aura pas entendu.

Nous nous retirâmes enſuite chacun à nos places, pour laiſſer cette auguſte famille s'épancher dans le ſein de ce bon pere. Ils pouvoient d'ailleurs avoir quelque choſe à ſe conter; quelques petits ſecrets à ſe dire; car c'eſt ſans comparaiſon comme nous, les Rois, à ce que dit Malherbe & Horace. Quant à moi, je le croirois aſſez; & c'eſt pour cela que je les aime, ſur-tout, lorſqu'ils daignent ſe rappeler qu'ils ſont hommes.

M. Lagrenée, n°. 13. En me retirant, j'entrevis un ſoldat fort laid, avec une eſpece de poignard à la main. Qui es-tu, lui dis-je?... d'où viens-tu?... où vas-tu?... que faiſois-tu là, à te cacher derriere ces honnêtes gens? Ne ſerois-tu pas un nouveau Ravaillac? parle, coquin, ou vois-tu ma *plume*? — No, Monſiou Critè; j'ou ſouis l'Ouliſſe d'ou tablaou dé Mounſiou Lagrounée lou joune; jóarriba d'ou Limougi, a quì, per délibra mos camorado, qué viſa ben, que ſaount chengeado èn couchous. — Parle, françois, marand; je n'entends pás le grec....

Dalbeaud heureuſement étoit là; & comme il entend auſſi bien le grec qu'il ſe connoît en peinture, il fut ſon interprete. Cela veut dire, mon cher Critès, « qu'il eſt l'Uliſſe du tableau » de M. Lagrenée le jeune, & qu'il vient tout à exprès du Limouſin pour délivrer ſes cama» rades, que vous voyez bien, qui ſont changés » en porcs. »

Va-t-en, lui dis-je. Tu ſens l'ail: tu m'avertiras quand le Mercure & la Circé arriveront, afin que je me trouve à la repréſentation. Je veux voir comme les Savoyards jouent la comédie. Je lui donnai enſuite du pied au cul, & il partit ſans proférer d'autres paroles que *Dieu vous le rende.*

Parbleu! Me pris-je à dire, quand je fus débaraſſé de ce drôle: eſt-il poſſible de faire un Uliſſe plus laid, plus ſot & auſſi mal-bâti que celui-là? A quoi penſent donc MM. les peintres d'hiſtoire, de faire des figures auſſi ignobles? Toi, mon cher Dalbeaud, qui les connois; tu devrois bien leur faire quelques obſervations. — Je leur en fais aſſez, mon cher Critès: mais que voulez-vous? Le hibou trouve ſes enfans jolis; voilà le mot. Par exemple, quand M. Suvée a fait ſon Coligni; il eſt venu me trouver. S'il avoit voulu me croire, il auroit fait un ta-

bleau excellent, au lieu qu'il en a fait un d'u
mérite fort ordinaire.....

J'étois fort aise de mettre mon Dalbeaud u
peu sur l'article-peinture. Je saisis cette occasio
M. Hue. Pour causer plus agréablement, lui dis-je, entron
dans ce paysage : — de M. Hue? — Oui, de M
Hue; cèla t'étonne, mon cher Dalbeaud; si c'étoi
pour en dire du bien?.... Tu disois donc qu
M. Suvée.....

Je disois à M. Suvée « M. Suvée, vous ave
» du talent, mais vous n'aimez pas les critiques
M. Bachelier. » vous ressemblez à M. Bachelier, qui saute a
» plancher quand on lui en parle. Eh bien
» Puisque vous n'aimez pas les critiques, qu
» vous voudriez qu'il n'y eût pas de critiques
M. Suvée. » & que tous les critiqueurs fussent pendus
» commencer par ce pauvre Critès, qui a trouv
» déteſtable votre tableau du Sallon dernier, (
» il l'étoit) il faut en faire un cette année, q
» soit un chef-d'œuvre; cela vous fera un pe
» difficile; mais, enfin, qui eſt apprentif n'e
» pas maître : cela viendra, mes cheveux re
» poussent bien. (1)

» N'avise jamais si bien que celui qui eſt avis
» moi qui vous parle, M. Suvée : quand me
» garçons m'en remontrent, & qu'ils me disen

(1) M. Dalbeaud porte perruque.

» M. Dalbeaud, si vous faisiez comme ceci, si » vous faisiez comme cela.... » Si tu allois au but, mon très-expéditif ami, il me semble que tu ferois mieux. Tu ne sais pas que je dois imprimer tout ce que tu dis là. — tant mieux, mon cher Critès, ce sera le meilleur du livre; il n'y aura que votre réflexion qui n'aura pas le sens commun.

M. Suvée, n°. 16.

..... « Bien loin de me scandaliser donc de » leur critique, je les écoute. Pourquoi? C'est » que, me dis-je, si le génie crée les talents; » c'est la critique qui les épure. A qui devons-» nous nos grands hommes en litterature; nos » Corneille, nos Racine, nos Moliere, nos M. de » Beaumarchais, nos Critès? A la critique. Eh » bien! M. Suvée, pour en revenir à Robin ture » lure ou nos flutes, qui nous prépare des miracles » bien noirs, & des S. Louis qui nous montreront » un gros & large dos de *face*, surmonté d'une » mesquine & triste figure de *trois quarts*, qui » nous regardera fort mal-honnêtement par » dessus ses épaules. Croyez-moi; c'est Dalbeaud » qui vous le dit; prenez des conseils; suivez-» les quand ils sont bons; souffrez encore qu'on » vous critique quand vous les aurez suivis; » encore, quand vous aurez corrigé; encore, » quand vous ne pourrez plus remédier à rien; » parce que ce sera autant de gagné par anti-» cipation sur l'avenir.

M. Suvée, n°. 16. « A préſent : parlons du ſujet que vous avez
» à traiter pour le Sallon prochain. Coligni
» C'eſt un loyal homme, il ne faut pas le
» manquer. Voyons ! Comment nous y pren-
» drons-nous ? »

« Faites attention, d'abord, à ſuivre l'hiſ
» torique *reçu*, même pour les choſes locales
» Le fait eſt trop récent; & l'on ne doit jamai
» s'écarter de l'hiſtoire, quand un fait eſt récent
» à moins d'y être contraint, phyſiquement con
» traint. Pardon, M. Suvée, de ce polémique
» un peu long; mais ce n'eſt pas ici pour vou
» ſeul que je parle. »

« D'abord, la ſcene doit être placée ſous u
» veſtibule ſpacieux; parce que, comme vou
» le ſavez, Coligni fut jetté par les fenêtres, aprè
» avoir été aſſaſſiné. L'architecture doit être dé
» nuée d'ornements qui appellent l'œil, afin d
» l'abſorber en quelque ſorte ſur l'objet prin
» cipal... L'action ſe paſſe aux flambeaux ? A mer
» veille ! Cela nous donnera des effets, des effet
» piquants, des oppoſitions, des ſacrifices, &c.

« Diſpoſons actuellement nos figures. Coligni
» Un buſte noble, élevé. Qu'un accident de lu
» miere ajoute à la majeſté de ſa tête vénérable
» l'orſqu'il prononcera : *Ma vie eſt peu d*
» *choſe, & je vous l'abandonne* .. Coſtume à l
» Henri IV : très-bien. *Point de blanc*, ou trè
» pe

» peu ſur les habits, afin que la critique n'aille pas vous dire, que c'eſt un revenant qui effraie la canaille, & non pas un vieillard vénérable qui imprime une terreur reſpectueuſe. Souvenez-vous que c'eſt un ſoldat blanchi dans les camps, au millieu des allarmes; & n'allez pas lui faire un joli habit de ſoie, de façon qu'en cachant la tête de ſa main, on s'imagine que c'eſt un mignon bien pomponé de la Cour d'Henri III, & non *le ſévere reſtaurateur de la diſcipline militaire en France.* (1) Cet aſſaſſin proſterné; bien! .... Un ſaiſiſſement involontaire dans celui-ci..... Que ce vieux ſcélérat balance encore :..... que ce plus jeune qui n'eſt point endurci au crime, le détermine par ſon geſte & par ſon exemple..... Qu'il fuye à demi ce lâche, qui n'a la force, ni de frapper, ni de ſe repentir, ni de ſupporter le regard de la vertu. *Bême* accourt : Je vous rends vos crayons, M. Suvée; ſi l'idée n'eſt pas neuve, au moins elle eſt bien rendue.

M. Suvée, n°. 16.

» Encore un mot : Rappellez-vous que ce n'eſt pas un effet de jour; que les rayons pénétrans & rapides du ſoleil ſont bien oppoſés à la lueur pâle & tremblante d'un flambeau. Diviſez les lumieres qui éclairent la ſcene, ſi vous voulez

(1) Sous Henri II.

M. Suvée, n°. 16. » éclairer votre tableau dans ses différentes par» ties. (1) C'est inutile, vous dis-je. Votre *Béme* » porteroit son flambeau au plancher, que vous » n'auriez que très-peu de piquans, & des effets » sourds qui seroient brisés par le petit Poucet, » s'il vous prenoit fantaisie de mettre le petit » Poucet au nombre des assassins de Coligni.

Eh bien, ami Dalbeaud, que t'a-t-il dit à tout cela? — Eh bien, mon cher, aprés m'avoir montré autant d'impatience que vous tout-à-l'heure; il m'a dit d'aller vendre mes bavaroises; que marchand d'oignons se connoissoit en ciboules; que ce n'étoit pas à la pelle à en remontrer au fourgon; qu'il étoit adjoint à Professeur à Paris, & Honoraire à l'Académie de Bruges; & qu'à Bruges, quand un impertinent Limonadier se mêloit d'affaires qui ne le regardoient pas, on le prenoit par les deux épaules &.......

— Qu'as-tu donc, mon cher Dalbeaud? pourquoi donc n'avoir pas mis ta perruque aussi?...

M. Hue, n°. 88. Holà ho! Messieurs, quand on émonde les arbres sur la tête des gens, on crie gare. Si vous l'aviez tué comme ces mal-adroits du tableau de

(1) On demande à M. Suvée comment plusieurs de ses figures sont éclairées.

M. Valenciennes ont tué Ciceron l'autre jour, en faiſant ridiculement tomber l'arbre qu'ils abattoient préciſement ſur ſa tête & ſur celle de ſa compagnie ! Auriez-vous empêché Madame Dalbeaud de m'arracher les yeux?.... Eh, vive Jeſus ! (1) Va toujours qui danſe. Voyez ces payſans s'ils ne ſautent pas très-gaiement, quoiqu'ils n'ayent pas les jambes bien faites. Le payſage, qui eſt fort agréable, pourra y gagner encore : à la bonne heure ; mais attendez au moins que nous ſoyons ſortis.

M. Valenciennes, n°. 271.

M. Hue., n°. 88.

A notre retour d'Italie, nous nous trouvâmes nez à nez avec le portrait de M. Hue. Je lui aurois demandé des nouvelles de celui dont il n'étoit qu'une copie très-mal-adroite & très-peu agréable. Je crois bien que de ſon côté, il auroit eu la complaiſance de redreſſer ſon cou tors, que je conſeille à M. Berruer de remettre droit pour ſon honneur. Mais un cliquetis d'armes & les cris trois fois répétés de Bayard, Bayard, me firent remettre à une autre fois la converſation que je voulois avoir avec lui.

M. Berruer. n°. 242.

---

(1) Ce n'eſt pas un Jeſus (en peinture) de M. Lagrenée le jeune, dont je parle ; c'eſt le joli, l'aimable, le careſſant, le véritable petit Jeſus de M. Delaiſtre, qui me fera donner congé de mon logement auprès de l'Oratoire, (où je n'irai pas voir le premier) pour en prendre un ſur la paroiſſe S. Nicolas-des Champs (où j'aurai bien du plaiſir à prier le ſecond.)

M. Lagrenée l'aîné, n°. 13. Je perçai la foule d'un coup de plume pour ſavoir de quoi il s'agiſſoit. Le croiroit-on? C'étoit le Chevalier ſans peur & ſans reproches, qui étoit prêt à en venir aux mains avec ce voleur d'Alexandre.

Pour l'intelligence de ce fait qu'on n'a pas droit de révoquer en doute, puiſque je l'aſſure, il faut ſavoir ce qui s'étoit paſſé au Sallon pendant notre voyage.

Les gens inſtruits ſavent, mais la plupart des gens qui me liront ne ſavent pas, que ce grand Drôle vainqueur de Darius, auſſi ennuyé des ſermons du Philoſophe Calliſthènes, que M. Suvée l'étoit des remontrances du Philoſophe Dalbeaud, l'avoit fait mettre à mort pour ſe débarraſſer de lui. J'ignore ſi, pendant que je m'en étois allé aux environs de Rome, mon portrait avoit été en Perſe chercher noiſe au nigaud de fils de Jupiter. Il ne m'avoit point écrit; de façon que je ne puis là deſſus ſatisfaire la curioſité bien naturelle de mes lecteurs. Tout ce que je puis dire, c'eſt qu'Alexandre l'avoit fait arrêter par ſes Alguazils, comme complice & fauteur du malheureux Calliſthènes.

M. Houdon, du n°. 253 au n°. 259. Le Général Waſington, M. de Suffren, le Marquis de Bouillé, le Prince Henri de Pruſſe, *l'honorable* Marquis de la Fayette, dont je me rappelle d'avoir été le frere d'armes au Plessis, où il apprenoit, lui, sous le Capitaine Cesar, à rosser les ennemis de l'Etat & à cueillir des lauriers; moi, sous le Chancelier des muses, Horace, à rire aux dépens des ennemis du goût, & à me piquer les doigts avec leurs chardons. Toutes ces têtes *animées* par Houdon-Phidias, avoient tenté en vain de s'opposer à une pareille violence. M. Houdon, *idem.*

Malheureusement ces honnêtes gens étoient sans bras, ou les avoient resserés *par des draperies un peu trop lourdes*, de sorte que; ni leurs efforts, ni les larmes de la jeune fille que mon portrait avoit trouvée si aimable que . . . . ni le divin buste de Madame Cromot de Fougi (1)..... ni l'amour de M. Roslin . . . . ni les tendres accens de sa marraine Sapho ressuscitée (on le sait bien) par le plus aimable des peres; ni les sons harmonieux de l'Euterpe, de M. Lagrenée le jeune, à qui j'ai conseillé l'année passée de ne faire que M. Boizot, n°. 250. M. Lagrenée le jeune, n°. 14.

---

(1) Ce charmant buste de M. Boizot est plein de grâces, d'ingénuité, d'amabilité. La louange ne suffit pas enfin pour le louer. Je plains ceux qui, en le voyant, ne se sentiront point émus, & à qui il ne rappellera pas ce vers d'Ovide. . . . .

Collaque & os, oculosque illius ore premam.

des sujets galants, (1) ni tant de si aimables figures que Vestier, Coster, Le Brun, Guyard, ou les Graces, ont caressées de leurs pinceaux, ou couronnées des roses & des lys que le Zéphyr fait éclore dans les bosquets *Van-spaendonk*; ni ma triste copie qui appelloit à grands cris son original qu'elle vouloit au moins embrasser une fois avant de mourir, & dont la douleur étoit si pathétique que Caillot en perdit sa gaieté (2);
nº. 287. ni..... ni..... ni l'hermite qui court après Angelique, c'est-à-dire, Rien ne put émouvoir ces tigres féroces que le plus vil instrument va tout-à-l'heure..... Mais n'anticipons pas sur les événemens.

M. Lagrenée le jeune. (1) Troisieme Promenade, pag. 48. Voici ce que j'ai dit : « Je » ne crois point du tout M. Lagrenée le jeune fait pour rendre des » grands sujets d'histoire ; je le regarde comme l'Arioste de la » peinture ; tant qu'il ne sortira pas de son genre, il charmera » les yeux, & plaira à l'esprit. » Ainsi je ne lui ai pas dit *de faire le tableau d'Ulisse qui vient délivrer ses compagnons.* Donc ce n'est pas ma faute, si moi & tout le monde le trouvent pire même que celui de M. Callet, pire même que celui de M. son frere.

M. David, nº. 119. (2) On dit même qu'il fit une plus laide grimace qu'une certaine figure de vieillard, qui se tient la mâchoire à deux mains, ou plutôt avec une main & un poing surmonté d'un doigt dans un certain tableau d'histoire, que l'enthousiasme, toujours aveugle, regarde comme un chef-d'œuvre, & qui n'est qu'un des tableaux les plus ordinaires que produira l'auteur (M. David), *pourvu qu'on ne le gâte pas à force d'éloges.*

Ils l'entrîanoient dans cette caverne à voleurs qu'on auroit bien dû se dispenser d'exposer au Sallon pour y choquer les yeux & le goût, lorsque Bayard qui entendoit tout ce tapage de la Cour des Figures, accourut l'épée à la main, quand il en sut le motif. M. le Comte de Parois, n°. 286.

Il venoit d'entrer précisément comme j'arrivois de Rome; & c'étoit lui dont le cri de Bayard trois fois répété avoit frappé mes oreilles.

Bayard! Bayard! Bayard! homme d'armes; vire à moi! crioit-il a Alexandre. Que t'a fait la terre cuite du Chevalier Critès? Qu'on le rende, ou, par S. Pierre mon patron, (1) qui a coupé l'oreille à Malchus dans le jardin des olives, je t'arrache les tiennes; car Dieu me garde que *onques ne souille ma moult bonne épée qui a accolé mon* bon Roi du vilain sang d'un ladre.

D'un *coup de plume*, j'aurois bien pu éviter les embarras d'un combat au bon Bayard; mais j'étois bien aise de voir de quelle maniere on s'escrimoit au tems jadis quand on rencontroit des

(1) Le vrai nom de notre Chevalier est *Pierre du Terrail.* Il paroît que le nom de Bayard, qui lui est resté, vient de l'habitude qu'il avoit de crier, *Bayard! Bayard!* lorsqu'il donnoit sur l'ennemi.

insolens à corriger ; *ut ex alieno ſumam exemplum mihi*, comme dit très-bien Térence dans ses Adelphes ; mais je ne voulois pas enlever à un si brave homme la gloire de rosser un nigaud.

Après ces complimens, Bayard alla déposer *sa bonne épée* auprès du buste du Roi de M. Houdon, & ayant obtenu de ce Prince la permission de venger l'insulte faite au nom François, & à la dignité de la nation dans la personne de la copie de l'original d'un de ses plus fidèles sujets, il alla prier le Monsieur qui *alloit se noyer*, de lui prêter sa canne dont il n'avoit pas besoin
M. Willes fils, n°. 181. (*puisqu'il alloit se noyer*).

Ce Monsieur sans *tourner* la tête, parce qu'on sait que M. Willes fils, ne fait *tourner* la tête ni à ses figures, ni à moi, ni à personne, lui dit : qu'il étoit bien fâché, mais qu'il seroit indécent qu'un homme de sa qualité se noyât comme un malotru, & qu'il lui falloit son écharpe de soye blanche à franges d'*argent*, sa dragone à filagrame d'*or*, son beau chapeau bordé d'*or*, ses bottes de cuir anglois cirées au sperme de baleine *noir*, son habit à brandebourg des Dimanches, ses bouts de manche, & sur-tout sa canne à pomme d'*or*, pour se défendre contre les gougeons & les écrevisses de l'*Oder*, par qui il ne seroit pas décent, que lui Prince

Léopold, Duc de Brunswik, fût insulté.

Le Chevalier Bayard haussa les épaules comme tout le monde, & pour ne plus s'exposer à de nouveaux refus, il arrache le fouet du postillon qui alloit traîner Betis autour des murs d'une ville *qu'on ne voit pas*, par uu chemin *qui n'existe pas*, & vole sur le champ de bataille où l'Alexandre mourant de peur, s'étoit fait un rempart de ses pionniers. M. Lagrenée l'aîné, n°. 5.

Leur contenance parut si ridicule au Héros François, qu'il se mit à rire, & ne voulant pas même donner des coups de fouets à ces grands lâches, il se contenta d'en jouer au dessus de sa tête.

L'explosion de l'instrument fut si terrible, qu'elle rompit en un instant les phalanges Macédoniennes, qui s'enfuirent à toutes jambes se *cacher* dans leurs tentes, où *elles auroient bien fait de rester.* Pour Alexandre, il s'empressa de se débarasser de ses armes *dorées* pour fuir plus à son aise; & craignant de n'être pas en sûreté dans son, n° 5, il monta sur son grand cheval de fuite, *courut à poil* chez M. Monsiau, qui eut pitié de lui, & le nicha là-haut, là-haut, là-haut au n° 228, où, malgré la frayeur qui a changé ses traits, on le reconnoîtra facilement à son air froid & lâche, au peu de fermeté de M. Monsiau, n°. 228.

M. Monsiau, n°. 228. ses mouvemens; comme encore on reconnoîtra dans son Bucéphale, *la contre-partie* (1) du cheval sur lequel Bernini à monté Curtius, se dévouant pour la patrie, aux pieds duquel j'ai lu dans un livre, (l'Abbé Dubos) qu'un jour à venir il serviroit de modele à M. Monciau & à bien d'autres.

Pendant cette plaisante expédition, Dalbeaud & moi, étions montés sur le haut d'une colline du Vallais, pour nous garantir de la foule.

M. de Marne, n°. 194, &c. Je ne pris que le tems de répéter à M. de Marne, qui a son château & *plusieurs métairies* aux environs, les conseils que je lui avois donnés il y a deux ans; c'est-à-dire : de recommander à ses fermiers, qui sont les meilleurs gens du monde, de ne pas autant *se fatiguer à polir* ses domaines, dont la nature *agreste & piquante* repoussoit des *soins* qui la rendoient *molle & sans énergie*; de dire à ses bergeres que leurs chevres & leurs genisses n'auroient pas moins de bon lait, quand leur poil ne seroit pas *si luisant*; de faire boire à ses beautés Vallaises ou Suisses,

---

(1) *Contre-partie*; la chose est claire. Curtius se précipite dans un abîme, & l'Alexandre grimpe *du côté* du ciel.... Ce morceau connu sous le nom de Chevalier Bernin, (par corruption Brelin.) est placé à Versailles, au haut de la piece dite des Suisses.

un peu de cette eau du Lignon, où celles de l'aimable Taunay, vont puiser leur beauté, & cet air svelte & spirituel qui leur gagnent tous les cœurs; précautions qui lui éviteroient de s'entendre dire à peu prés aussi comme je le lui avois dit le Sallon précédent, au sujet de ses grosses Dulcinées du Tobozo ou de Suisse, M. Taunay. M. de Marne, n°. 194.

Une *grosse* Toinon *dérangeant* la cervelle,
Peut nous faire, il est vrai, pousser de *gros* soupirs;
Et son *gros* embonpoint flatter nos *gros* desirs;
Mais avec ce *gros* bien, qu'a-t-on?... Ce qui s'appelle
Un *gros* bonheur, de *gros* plaisirs.

Les remerciemens faits de part & d'autre, à M. Demarne, de sa bonne réception; à moi, de mes avis salutaires, auxquels il me dit, avec sa candeur qui lui est propre, qu'il donneroit plus attention que jamais; nous nous séparames; & d'*un tour de plume* je revins du Vallais au Sallon.

Bayard, baisé, caressé, fêté, questionné par toutes ces Dames d'autre fois, (car celles d'aujourd'hui ont trop de discernement pour ne préférer pas un zoli petit maître qui sent l'ambre & la sottise, Les Femmes d'aujourd'hui.

Et laçce en minaudant un zoli calembourg,

à un homme qui n'eſt beau (1) que de ſes vertus & de ſon courage,) avoit oublié tous les Alexandres du monde, & ſe diſpoſoit à ſortir après avoir repris ſon épée dont le Roi avoit voulu le ceindre lui-même....

Parbleu ! Dis-je à Dalbeaud, qu'en dis-tu ? La fin du jour vient au galop, comme dans le XXe chant de la Jeruſalem délivrée. J'ai envie de ne pas finir auſſi froidement que le Taſſe, qui, après avoir aſſommé Rimedon, tranſpercé Emiren, & fait priſonnier Altamor, Roi d'Ormus, dont notre ami a volé le nom (là), s'il a pillé la fable (ailleurs) ; court à toutes brides coucher à Jeruſalem dans la meilleure auberge. J'ai envie

---

M. Bridan, n°. 237.

(1) Bayard, ce fameux Chevalier ſans peur & ſans reproche, étoit laid & maigre, & a eu preſque toute ſa vie la fievre quarte. Il y a ſans doute beaucoup de choſes à deſirer dans cette figure ; mais pourquoi de toutes celles qui ſont expoſées, n'y en a-t-il pas une ſur laquelle la ſotte partie du Public ait, ſelon ſon ordinaire, crié plus haut & plus mal-adroitement? ſi le coſtume n'étoit pas ingrat, ſi l'action, belle dans l'hiſtoire, faiſoit autant d'illuſion en ſculpture, s'il étoit poſſible de rendre avec *nobleſſe* une action de *bonhomie*.... Je conſeille à M. Bridan (à qui je prendrai la liberté de dire ce que je penſe) de conſulter les gens de goût, d'examiner lui-même, de corriger s'il y a lieu ; mais en attendant, de dire à ces jugeurs, *qui ſe donnent tout l'honneur de la chaſſe*, ce que La Fontaine fait dire à l'âne par le lion. (fable XIX, liv. II.).....

> . . . . c'eſt bravement crié,
> Si je ne connoiſſois ta perſonne & ta race;
> J'en ſerois moi-même effrayé.

d'éprouver ſi Bayard mérite le titre de Chevalier *ſans peur*. Un coup de plume & un combat de plus ou de moins, c'eſt ſi peu de choſe quand on y eſt! .... Reſte là, tu ſeras l'armée d'obſervation.

» *Rends-toi*, *Bayard*, *ou tu es mort*, lui criai-je, ſans ceſſer d'être inviſible, & en lui friſant le nez de ma plume!.... *Sarraſin*, *Maure*, ou *Turc*; mais aſsûrement *poltron* puiſque tu te caches. Montre-toi, répartit-il, avec la vivacité de l'éclair. Je ne ſuis pas ſi étourdi que Renaud; je ne me bats point avec les eſprits, & je n'ai pas l'ame d'un maltôtier, entends-tu? je ne me *rends* pas au Diable. Ainſi, retire-toi, ſoldat du Pape, ou tout eſprit que tu ſois, je te marche ſur le ventre.

Je ſentis bien que mon plus court étoit de terminer ma plaiſanterie avec un homme qui l'entendoit ſi peu, & de me découvrir au généreux défenſeur de mon portrait, qui, le pauvre garçon, ne ſe doutant pas du tour de ſon original, ſe rouloit (1) bravement au ſecours de ſon libérateur, dont il avoit entendu les derniers mots, non pas de ſes propres oreilles, mais enfin avec des oreilles, & ſurtout des oreilles qui n'étoient pas les miennes, & qui appartenoient,

(1) Attendu qu'il n'étoit qu'en buſte.

on ſaura à qui..... dans la ſuite de mes aventures, *je ne ſais leſquelles*...... que je ne puis pas continuer aujourd'hui ; *on ſaura comme*.... parce que j'ai beſoin d'aller avec Bayard, *on ſaura où*.... pour y cauſer ſur bien des choſes ; *on ſaura pourquoi*.... dans ma ſeconde journée que je mettrai au jour *je ne ſais quand* .... & qui paroîtra cependant bientôt, *s'il plaît à Dieu*.....

Sur ce, je ſouhaite à mon lecteur, joie, ſanté, & bonnes nouvelles, & juſqu'au revoir.

Fin de la premiere Journée.

LA PLUME
DU COQ DE MICYLLE,
OU
AVENTURES
DE CRITÈS AU SALLON,

Pour servir de suite aux PROMENADES *de 1785.*

SECONDE JOURNÉE.

Irasci haud debes nostris pictura libellis.
Ars tua (non vita) est carmine læsa meo.
Innocuos permitte sales ; cur ludere jocis
Non liceat, licuit si jugulare tibi. MARTIAL.

Pour fronder leur Peinture ; en veut-on à leur vie ?
En sont-ils moins gras ? Non.... Qu'ils souffrent donc qu'on rie,
Et quand d'un Art divin ils enfreignent les Loix,
Qu'un Critique en jouant leur donne sur les doigts. G. . . S.

A LONDRES,
Et se trouve à PARIS,
Chez HARDOUIN & GATTEY, Nos. 13 & 14,
au Palais-Royal.
Et chez les MARCHANDS DE NOUVEAUTÉS.

M. DCC. LXXXVII.

L'APRÈS-MIDI de cette ſeconde Journée, paroîtra, ſans faute, au commencement de la ſemaine prochaine.

LE mot de l'Énigme d'une Critique, intitulée : les PROMENADES D'UN OBSERVATEUR, *que quelques Sots m'attribuent.*

J'AI la fureur d'aimer les Singes, aussi j'en ai un très-JOLI.

Ce Singe est si joli, que j'ai cru ne pouvoir mieux faire que de lui donner un nom que ses mignardises sembloient avoir fait tout exprès pour lui..... Allons, joli Singe, appellez-vous *Joly*.

Petit-Joly est aussi un petit *espiègle*; cependant j'imagine bien que si le *Dauphin du Pirée* avoit *Petit-Joly sur le dos*, & qu'il causât avec lui, il pourroit arriver que le Dauphin noyât *Petit-Joly*, en disant *Petit-Joly*, vous êtes bien joli, mais vous n'êtes qu'un Singe.

Petit Joly, au surplus, fait tout ce qu'il me voit faire. Quand j'écris, *Petit-Joly* griffone; quand je fais des Vers, *Petit Joly rimaille*; quand je chante, *Petit Joly* fait des grimaces; quand je danse, *Petit-Joly* cabriole; quand je fais des *Promenades*, *Petit-Joly* fait des *Escapades*.....

Oh ! petit *Joly*, petit *Joly*, je vous y pincerai. *Petit-Joly*, je vous étrillerai.

Pendant que j'écrivois mes *aventures*, *Petit-Joly* étoit accroupi ſur le dos de ma chaiſe; *Petit-Joly* m'épioit; *Petit Joly* me ſingeoit.

Pour attraper *Petit-Joly*, j'écrivois, comme on dit, des *fagots*. ERGO, *Petit-Joly* barbouilloit des *ſotiſes*.

Or, notez bien ceci, Meſſieurs : afin de prendre au trébuchet *Petit Joly*, je m'étois attaché les oreilles de mon âne (1); de ce coup-là *Petit-Joly* me ſingea tout-à-fait.

Je ſors pour aller au Sallon, *Petit Joly* pour me prévenir ſaute par la fenêtre. Il y arrive avant moi..... Depuis je n'ai plus vu, *Petit-Joly*.

Ah! Meſſieurs, de grace, ſi quelqu'un rencontre, par aventure, mon *Petit-Joly*, frottez-lui les oreilles, & envoyez-le à mon adreſſe.

Voici ſon ſignalement :

Petit, Joly, *petit*, mignon,
Petit nez à flairer merveilles,
Petit bec, *petit* œil fripon,
Petit partout, fors les OREILLES.

---

(1) L'Ane promeneur, ſottiſe compoſée par gageure, & qui a eu beaucoup de ſuccès, par la raiſon que c'étoit une ſottiſe.

AVENTURES DE CRITÈS AU SALLON.

SECONDE JOURNÉE.

AVANT MIDI.

Préambule très-oiseux, mais très-nécessaire, où l'on verra comme quoi Critès se grise avec Bayard, afin de se mieux connoître en Peinture, *suivant le précepte d'Ovide, qui dit :*

Vina parant animos, faciuntque coloribus aptos.

On nous répete toujours: les Grands Hommes ont *dit* ceci, les Grands Hommes ont *dit* cela! pourquoi *ne dit-on* pas aussi : *les Grandes Femmes* ont *dit* telle chose?

Moi, je pense comme *l'Ami Jean* (que je ne verrai point cette année, dont bien me fâche) lequel *disoit*:

Je ne suis pas de ces gens qui disent ce n'est rien,
C'est une femme. . . . .
Je dis que c'est beaucoup & ce sexe vaut bien,
Que nous en fassions cas, puisqu'il fait notre joie.

Ce que je dis ici n'est pas hors de propos, puisqu'il s'agit de ma bonne femme de grand'-mère qui me répétoit & me répétoit sans cesse: Crités, Crités, mon cher Chrysostôme Critès, songes-y bien: .... TEL QUI SE LEVE LE MATIN DE SON LIT, N'EST PAS SUR D'Y COUCHER LE SOIR.

Je ressemblois à plus de quatre à Paris. J'étois un dévergondé, un vaurien : je ne l'écoutois pas plus que les petits enfans de Troyes n'écoutoient la vieille mère Cassandre...... La vieille mère Cassandre, pourtant disoit vrai. Ma bonne femme de mère n'avoit pas tort; mais les enfans de Troyes & moi, étions de mauvais garnemens. Voilà le fait.

Hier, mon cher Lecteur, je me suis levé; *levé de mon lit*. Je suis rentré peu de tems après t'avoir quitté. J'étois encore chez moi, je ne sais à quelle heure après minuit, à chanter, rire & boire avec le bon Bayard, qui m'avoit fait le plaisir d'accepter un mauvais souper...... J'aurois juré mes grands Dieux que le prognostic de ma grand'mère en auroit menti, comme Judas devant Pilate. Tarare! j'avois compté, comme on dit, sans mon hôte. Il faut que je te dise l'aventure.

Mon démon (ma femme) s'étoit montrée pour la première fois de sa vie *précautionneuse*. La bonne masque avoit réservé pour les bons jours, six bouteilles d'un Champagne mousseux, bp! le Roi de France n'en boit pas de meilleur.

Quand on est avec ses amis, de bons amis, des amis du vieux tems, des Bayards; on jette la maison par les fenêtres, on met les grands pots dans les petits.... On feroit.... que ne feroit-on pas ?

En sablant notre Champagne, il nous disoit bien qu'il étoit bon; mais l'hypocrite ne nous disoit pas qu'il grisoit. Finalement, Bayard se grise, je me grise.... je suis un drôle de corps; quand je ne mange point, je ne veux pas que personne mange chez moi; mais aussi, quand je suis gris, ce qui ne m'arrive jamais que quatre fois la semaine, & quand l'année est bonne, trois fois les autres jours, je veux que tout le monde soit gris; de sorte, que ma femme ſe griſe, mes enfans ſe griſent, Fanchette ſe griſe; bien entendu que mon portrait, étant de la famille, ſe griſe auſſi.

» *Adhuc in vino prudentior*, dit enfin » Bayard en ſe levant, ferme ſur ſes pieds com- » me une boule; Hippocrate dit, *Chapitre* » *vingt*, qu'il n'y a ſi bons amis qui ne ſe » quittent. Une honnête ſtatue comme moi, » doit coucher deſſus ſon piédeſtal..... Bien » en vous remerciant de votre lit, Madame » Critès! j'ai donné ma parole d'honneur à Papa » Bridon que je rentrerois *de bonne heure aujour-* » *d'hui*: votre ſanté, celle du bourgeois, celle » de.... la petite Fanchette. Le vin de botte, » celui d'étrier, & la ſanté du Roi, (c'eſt trop » juſte) & je m'en retourne, foi de Bayard!

Or, toi Lecteur, qui es toujours ſage, toujours ſobre, toujours réſervé; qui n'as pas eu Bayard à ſouper, & qui as tant d'eſprit; devine où j'ai paſſé le reſte de la nuit. — Sur le plancher? — Point dutout. — Dans ton cellier? — Point du tout. — Au grenier? — Point du tout. — Eh mais! ſur les toîts donc? — Eh! mon ami, point du tout; car le pavé ſeulement étoit ſi mauvais (il avoit plu du verglas, vois-tu) qu'en allant reconduire Bayard, le pied lui faillit; moi, qui ſuis honnête, je fais un faux pas afin de le retenir de crainte qu'il ne s'écorne, & que cela ne donne de la besogne de plus au Papa *Bridan*..... Bref, sans le guet qui comprit, comme il put, où demeuroit le Chevalier, & qui n'a pas eu l'esprit de comprendre, lorsque je le priai poliment de me reconduire rue *Tiquetonne*, un peu au-dessus du *Marchand de vin*, que ce n'étoit pas du vin de Champagne que je lui demandois, je crois (Dieu me pardonne) que nous aurions couché à quatre pas de ma porte. (*a*)

Actuellement, dis-moi, je te prie, où je m'éveillai? — Mais, au corps-de-garde, peut-être. — Fi! fi, donc mon ami!.... au Louvre du Roi, dans la cour des figures, entre le bon Rollin & Bayard, où le Diable, pour me jouer pièce, m'avoit pratiqué une couchette de pavés. Mais je l'ai attrapé, car j'y ai dormi mes quatre heures pleines d'aussi bon cœur, que si j'avois été enfoncé dans le duvet d'un Chanoine ou d'un gras Victorin.

LA JOURNÉE COMMENCE.

Le premier soin que j'eus en me levant,

(*b*) C'est-à-dire pour lors, vis-à vis le Marchand de vin.

avec le moins de bruit poſſible, pour ne pas réveiller Bayard & tous ces Meſſieurs, fut de m'aſſurer ſi *ma plume de coq* étoit encore dans ſon étui. J'étois bien-aiſe de voir ce qui ſe paſſeroit dans la cour des Figures juſqu'à l'ouverture du Sallon. C'étoit autant de pris ſur ma ſeconde journée; mais il me falloit mon taliſman.

M. Deſeine. N°. 277. Bacchus m'avoit garanti, ſans doute, d'une perte que rien n'auroit pu réparer. C'étoit à lui que je devois le plaiſir d'avoir pu poſſéder Bayard ſi long-tems. C'étoit lui qui m'avoit enivré de ſon jus divin. Sans lui, je n'aurois pas eu le bonheur de coucher en ſi bonne compagnie. C'étoit donc à lui que je devois offrir mes premiers hommages.

Il quittoit Erigone, & il avoit encore conſervé la forme de grappe de raiſin qu'il avoit priſe pour s'inſinuer dans la jolie bouche de la fille d'*Icarius*. Mes lèvres, brûlantes de la veille, frémiſſoient du plaiſir de ſavourer de nouveau ſa liqueur. Je diſputois déja à un petit Chevreau (*b*) cette conquête; ma main

(*b*) A côté du Bacchus de M. De Seine, il y a un petit chevreau qui broute un ſep de vigne.

avide alloit la ſaiſir..... Tout-à-coup il reprend la figure humaine. M. De Seine N°. 277.

Ah! tant pis, lui dis-je, en lui voyant faire *les petits yeux d'un Garçon Marchand de vin dant l'ivreſſe.* Sans doute, vous avez joué le même tour de M. De Seine; auſſi il vous en a puni, & c'eſt bien fait. Si vous aviez été plus honnête avec lui, comme il a infiniment de talens, ce qui m'a été confirmé là-haut par *le bon Curé de Saint-Roch*, il vous auroit fait tel que vous devez être, tel que les Poëtes & les Peintres vous ont toujours repréſenté; c'eſt-à-dire avec des formes un peu *arondies*, & non pas avec un corps *large* & de *larges epaules*, qui décrivent ſelon moi une ligne *trop diagonale*; il ne vous auroit pas fait des jambes d'un caractère *oppoſé* à votre corps, & des pieds *oppoſés à vos jambes*, & un bras *trop court*, ſi l'autre n'eſt pas *trop long*. Vous auriez une tête *plus ſpirituelle*; enfin ſi vous l'aviez laiſſé mordre un peu à la *grappe*, il vous auroit *mieux coëffé*; & je ne verrois pas de petits, petits, petits *grappillons meſquins ſe confondre avec vos cheveux*..... Oh! vous avez beau rire comme un grand niais, & m'ouvrir *une bouche plus grande encore que celle de l'original de mon portrait*; ce que je vous dis là est vrai.....

M. De Seine. N° 277. Allons, Bacchus, redevenez grappe de raisin; allez vous offrir à M. De Seine, demandez-lui pardon à deux genoux de votre incivilité, & priez-le poliment de consulter les beaux Bacchus antiques. Alors, Lafare, Chaulieu, l'ami Chapelle, Bernis, Boufflers & leur très-humble serviteur *Critès*, viendront vous offrir des vœux & faire des libations en votre honneur Jusque-là, vous ne serez que le Bac-

M. Callet N°. 83. chus des ivrognes (*c*), ou tout au plus celui de ces laides, lourdes & incorrectes Bacchantes dont de lourds, laids, épais & basannés Satyres font sauter les gros charmes, en attendant les vendanges de Surennes, où j'espère bien leur faire remuer le cotillon, à l'image Saint-Fiacre. En attendant, je vais vous envoyer mon Tonnellier pour vous faire un tonneau. Adieu, Bacchus, à deux ans.

Toi, petit Chevreau, viens avec moi, je

(*c*) *N.B.* On ne peut pas s'empêcher de convenir pourtant que la figure de M. Deseine n'ait du mérite, en ne la considérant pas comme une figure représentant Bacchus (à la tête près cependant, dont l'expression est basse & mal sentie).

veux te donner à une aimable enfant que je connois ; elle a un miroir, petit Chevreau s'y mirera. Petit Chevreau sera joli deux fois comme sa petite Maitresse (*d*). Petit Chevreau.. Mlle. Lebrun tenant un miroir. N°. 103.

. Tenez, ma jolie Demoiselle, voici un petit Chevreau que je vous apporte. Ayez en bien soin, caressez-le bien. — Mais. ..... si Maman me gronde, à cause que vous êtes un Critique, & qu'elle dit comme ça que ça mord. — Oh! que non, ma toute aimable; votre Maman ne hait pas même ceux qu'elle auroit à craindre. — Je n'entends pas cela, Monsieur Critès; mais je cours le lui dire. — Eh bien! on ne m'embrassera donc pas, pour le petit Chevreau? — Je vous en ratisse. Oh! que nenni. Vous me mordriez, & puis, il me viendroit un homme sur la joue..... Votre petite servante, M. Critès. Hé! hé! hé!....

(*d*) Dans ce joli tableau, Madame Lebrun a peint Mademoiselle sa fille de profil, de sorte qu'on la voit de face dans le miroir. On soumet à Madame Lebrun une réflexion, *le portrait du portrait*, vu dans le miroir ne devroit-il pas être plus mystérieux? Calpidgi a médi, de ce petit tableau, mais c'est un Calpidgi

La petite friponne court encore, & moi en courant après, comme mes pieds n'étoient pas encore bien assurés, je roulai le long des escaliers jusque dans la cour des figures.....

Oui, méchant Lecteur, ris du mal de ton prochain; & vous, petite..... vous me le paierez! Vous ne serez pas toujours sur le giron de votre Maman, & à côté de Mademoiselle Dugazon, que j'aime mieux que Nina & toute la Pièce.

MM. Caffiéri & Boizot. Nos. 235-249. Il est bien vrai de dire qu'il faut peu de chose pour brouiller deux amis. Croiroit-on, (si tout autre que moi le disoit,) que pendant l'instant où j'étois monté au Sallon pour donner le petit Chevreau à Mademoiselle Lebrun, il se fût élevé la querelle la plus vive entre l'Auteur d'Athalie & Molière? & cela hélas! pour..... Oserai-je jamais le dire? Pour..... Mon Lecteur voudra-t-il y ajouter foi? Pour.... Les oreilles de ces Dames n'en seront-elles pas effarouchées? Pour...... *pour une paire de culotes*......

M. Stouf. Nº. 263. Ecoutez-les enfin, écoutez-les se dire des injures comme des Maçons, sans respect pour Saint Vincent de Paul, leur voisin, qui d'étonnement & de douleur en est demeuré dans une *attitude indécise* (e) ; de façon que *l'œil cherche envain s'il est à genoux, s'il s'agenouille, ou s'il est dans l'intention de se lever* afin d'ajouter aux bienfaits dont il a comblé l'Humanité, une bonne œuvre de plus, en allant réconcilier deux braves gens, & les exhorter à vivre en bons Chrétiens.

« Rends-moi ma culotte, disoit Racine, » bouffi d'*embonpoint* & de colère. Que dira » le Public, en voyant un *Auteur tragique de* » *mon rang* avec les culottes d'un Scapin, lorsque je devrois avoir, ainsi que tu le dis » toi-même dans ton Ecole des Maris? MM. Caffieri & Boizot. Nos. 235-249.

Un haut-de-chausse fait *justement* pour ma cuisse.

» Tu ne l'auras pas, disoit Molière. Apprends » que l'*Histoire*, & qui plus est l'*explication des* » *Peintures de cette année*, dit positivement, » page 46, ligne 6, septième mot, y compris

(e) M. Stouf est un homme trop honnête pour en vouloir à Racine & à Moliere de cet *inconvénient* : c'est une *misère* pour lui de *corriger cela dans le marbre*..... Des gens de *beaucoup d'esprit* reprochent à la tête de Saint-Vincent de n'être pas noble. Moi, qui ne suis qu'une bête, & qui crois que le chef d'un Saint ne doit point ressembler au chef d'un Général d'armée, mais au chef d'un Saint enfin, qui fait une bonne action, qui en est pénétré.... Moi, je la laisserois comme cela!

MM. Caffiéri & Bozot. Nos. 235-249

» la virgule & douzième lettre de la ligne: » MOLIERE AVOIT LA JABME BELLE; » & » Madame *Geoffrin* m'a fait faire des canons à » la mode, tout exprès pour faire ressortir *ma belle*.....

Molière, qui n'a jamais dit un mensonge, même en colère, n'osa pas achever; parce qu'en regardant avec un peu d'attention, il s'apperçut bien que M. Caffiéri avoit manqué à ce point essentiel de l'*Histoire*, & qui pis est, de l'*explication des Peintures & Sculptures.*

Je ferai grace à mes Lecteurs de la suite de cette querelle, dont ce que je rapporte ici est déja peut-être *de trop*. Il leur suffira de savoir qu'ils se reprochèrent fort amèrement l'un à l'autre les défauts de leur figure, de leur *composition*, de leur attitude.....

Racine trouvoit que Molière avoit les cuisses *trop courtes*, & que la gauche *ne tenoit point au corps;* point du tout la jambe belle. Il lui demandoit ironiquement *s'il avoit dîné? qu'il paroissoit avoir l'estomac bien creux* (*f*). Si ces

(*f*) Ce n'est pas la faute de M. Caffieri, il y avoit une mauvaise veine dans le marbre à l'endroit où Dieu avoit décidé que seroit le ventre de Molière : un coup de ciseau dans une mauvaise veine donné par un mal-adroit de praticien... On sait ce que cela produit.

ces rubans ou éguillettes, qui attachoient ses canons, disoit-il, ne faisoient-point quelqu'amphibologie?.... si c'étoit *bien* des rubans (g)? que la veille . . . . qu'il l'avoit vue rougir. MM. Caffieri & Poirot, Nº. 235 & 249.

Molière de son côté, aussi difficile que l'Ours de la Fable l'étoit sur le compte de l'Eléphant,

Prétendoit qu'on pouvoit encor
Ajouter aux habits, diminuer de son corps,
Friser mieux sa perruque, & quant à son visage,
Qu'on pourroit fort à l'aise en ôter la moitié,
Sans que l'autre en souffrît pour cela davantage.
Que sa cuisse en baril excitoit sa pitié.
Enfin, s'il étoit sage,
Qu'il iroit chez Grand-Jean le prier de son mieux,
De lui prêter l'outil à dégrossir les yeux.

Eh! là, là, Messieurs, leur dis-je, en me montrant tout-à coup; vous ne vous appercevez pas que ce que vous dites là retombe sur deux Artistes d'un grand mérite. Ne de-

(g) Plusieurs personnes ont pris le chiffonage que produit la *multiplicité des éguillettes* qui arrêtoit la culotte de Moliere, pour des *plis de linge*, d'où il s'ensuivroit que Moliere paroît avoir ses haut-de-chausses déboutonnés.

MM. Caffiéri & Boizot N°. 235 & 249. vriez-vous pas vous attacher plutôt, toi, Racine, à louer dans M. Caffiéri cette exécution précieuse, & ces étoffes qui se jouent, se nuancent & *se varient* avec autant de grace que de souplesse & de légèreté, & qui font oublier que c'est un marbre sur lequel les yeux se reposent? Ne devrois-tu pas sur tout admirer avec quelle franchise & quelle précision le ciseau de l'Artiste a animé ses *chairs*, varié ses *tons*, & a mis dans la figure du Prince des Comiques François l'expression & le feu qui caractérisent ses Ouvrages?

Et toi, Molière, ne ferois-tu pas mieux de te rappeller que M. Boizot, docile à la censure, a totalement *changé son intention*, *ses formes*; que peut-être Racine (qu'il lit quelquefois sans doute) se sera présenté à lui dans l'âge où les passions *plus calmes* donnent *plus de simplicité* à la figure, dans l'âge où il composoit *Athalie*? Conviens enfin que la statue *de ton ami & du mien* a beaucoup de mérite, & qu'elle peut en avoir encore plus; car qui t'a dit que M. Boizot *n'attendoit pas l'avis des gens de goût pour y mettre la dernière main*?... (g2)

(g2) M. Boizot avoit représenté, il y a deux ans, son

Allons, allons, mes enfans! de l'indulgence pour les défauts de vos frères! *Omnis homo mendax*, (le plus sage pèche sept fois par jour). Seriez-vous bien-aise qu'on vous jugeât, l'un sur votre *Thébaïde*, l'autre sur quelques *Farces* échappées pour plaire au Peuple; qu'on rappellât à l'un certaine aventure (*h*), & à l'autre certains vers de Boileau (*i*). Que tout finisse. Mes chers amis, embrassez-vous, & embrassez M. Boizot & M. Caffiéri pour moi, quoique l'un m'en veuille peut-être du Sallon dernier, & que l'autre m'ait donné la *maudite féve noire* pour me faire manger les mollets par le chien de M. le Concierge.

MM. Caffieri & Boizot, N°. 235 & 249.

Racine, non pas comme Jean Racine de Château-Thiery, mais comme Saint-Jean dans l'Isle de Pathmos, écrivant l'Apocalypse.

(*h*) Sa brouille avec MM. de Port-Royal ses maîtres. Ses lettres contre Nicole, quoique deux chef-d'œuvres d'esprit, ne sont pas des chef-d'œuvres de reconnoissance. (On doit pourtant dire à la gloire de notre Poëte, qu'il ne voulut pas les faire imprimer pendant sa vie; mais.... mais il ne les avoit pas jettées au feu).

(*i*) . . . Et dans ce sac, où Scapin s'enveloppe,
Je ne reconnois plus l'Auteur du Misantrhope.

BOILEAU.

Je les embraſſai l'un & l'autre tendrement après cette réconciliation, & pour la ſceller par un acte de piété, nous entonnâmes le Pſeaume *Ecce quàm bonum & quàm jucundum habitare fratres in unum*, en l'honneur de la bonne Sainte Vierge de M. Delaiſtre (*), & de ſon petit Jéſus qui m'a promis le Paradis pour ma bonne action.

Après cette pacification je me diſpoſois à aller ſaluer Bayard, ſur lequel Morphée continuoit à répandre ſes pavots. Mais j'étois deſtiné aux grandes aventures. Mon taliſman avoit bien

---

(*) Nous ferons quelques obſervations à M. Delaitre au ſujet de ſa Vierge qui paroît de nature à devenir un chef-d'œuvre. Il n'y a pas aſſez de mouvement dans ſa compoſition : ſes Figures ſont trop ſur le même plan : on deſireroit plus d'enſemble dans la tête de la Vierge & que ſes yeux en ſuiviſſent moins la direction : que l'Artiſte corrigeât cette narrine qui relève : que les plis qui ſe trouvent ſur le ſein, ne fuſſent pas ſi comptés : qu'ils fuſſent moins ſecs ailleurs, & plus ſouples par-tout : que ſes bras ne priſſent pas *ſi uniformément* le même *mode* : que les jambes de la Vierge ne fiſſent pas *préciſément* la contrepartie de celles de l'Enfant Jeſus : que le gemau de la jambe gauche ne ſe prononçât pas autant ſous la draperie : enfin, que les clavicules de l'enfant Jeſus diſparuſſent un peu plus ſous la chair.

la puiſſance de m'en faire ſortir avec gloire; mais il ne me donnoit pas celle de les éviter.

« A moi! à moi! au ſecours! au meurtre!.... M. de J. N°. 20.
» Infâme raviſſeur! odieux Ajax! s'écrioit » du Sanctuaire de Minerve la Prêtreſſe Caſ- » ſandre.... »

Oh! oh! me dis-je, voici du nouveau. Ajax englouti dans les flots, il y a deux mille ans, ſe ſeroit-il aviſé de reſſuſciter pour faire de ſiennes? Avançons.

« Minerve, je t'implore, continuoit la fille » de Priam; & puiſque tu m'as promis qu'à » l'inſtant où ce *Chandos* viendroit m'arracher » une ſeconde fois du pied de tes Autels, tu » ſuſciterois un généreux *La Trémouille*, & » Qu'un coq du Tanagra. . . . . . .

» Je reſpecte ton ſilence myſtérieux, puiſ- » ſante fille du Ciel; mais fais au moins que » ce vengeur paroiſſe, & donne ſur la *croupe* » *arrondie* de cet *immodeſte* Achéen, qui, *en* » *dépit d'Homère & contre toutes les loix de la* » *bienſéance & de la pudeur*, vient m'effrayer » par ſon *Académie molle & énervée*.

» Grands Dieux! ſeriez-vous ſourds à mes » prières?.... Mes forces s'épuiſent; le ſacri-

» lége m'enlève dans ſes bras impudiques....
» O ma virginité, tréſor que, malgré mes
» ſermens, j'ai pu refuſer au plus aimable des
» Dieux (*l*), ſeriez-vous la proie d'un Grec
» que j'abhorre ? Hélas ! ſi c'étoit du moins
» mon Libérateur qui dût cueillir cette roſe
» que j'ai conſervée ſi pure, au milieu d'une Gar-
» niſon Troyenne & des Grenadiers d'Ilium ».

Oui, belle Caſſandre, ce ſera votre Libérateur & non un Renégat, m'écriai je, en enfonçant la porte du Temple d'un *coup de plume.* Je ſuis déſigné par Minerve pour arracher le ſacré Palladium des mains de cet impie..... Ajax, arrête ! je t'ordonne de t'arrêter. Je ſuis ton Rival & bientôt ton Vainqueur.

M. Rolland, N°. 265. Figure de Condé, qui exprimiez ſi mal, il y a deux ans, l'action héroïque d'un Héros, qu'importe cette écharpe, ce baudrier, ces

---

(*l*) Caſſandre obtint d'Apollon le don de prédire l'avenir, ſous la promeſſe expreſſe qu'elle lui fit de l'épouſer. Elle s'y refuſa enſuite quand elle l'eut obtenu. Le Dieu, pour l'en punir, la condamna à voir ſes ſes oracles mépriſés.

dentelles, dont la main habile & exercée de *Georgeri* pourra vous décorer une autre fois. Sont-ce ces ornemens vains que le luxe a inventés, qui vous ont rendu Vainqueur à Rocroi, à Notlingue, à Lens ? C'est vous, vous ; c'est le Grand Condé que je veux. Elèves de M. Roland, attelez-vous à son *traîneau* ; rendez-le témoin de mes exploits. Ajax, appelle Achille & tous tes Grecs, je suis François ; sous les yeux de Condé, je les abattrai tous. M. Rollande. N°. 265.

Et toi, Luxembourg, que le Prince Eugène n'a jamais vu par derrière (*m*), bon père, époux aimable, ami affectueux, & sur-tout sujet si fidèle à ton Prince, que, cent ans après sa mort, tu as voulu être représenté dans l'*attitude à peu-près la même* que Desjardins a donné à son bronze, place des Victoires. Descends *un tant soit peu* de cette dignité d'*emprunt* que ta *constitution physique & trop connue semble ex-* M. Mouchi. N°. 240.

(*m*) Mot de Luxembourg lui-même. M. le Prince Eugene s'étant écrié dans un mouvement d'humeur : « Je ne battrai donc jamais *ce petit bossu-là* ». Comment sait-il que je suis bossu, dit Luxembourg, il ne m'a jamais vu par derrière.

clure (*m* 2). Prends ce caractère *toujours noble*, mais *plus ſimple*, que l'Hiſtoire te donne. Accours, brave Henri, des Lignes de Fleurus, de Steinkerke, de Nerwinde; viens m'animer du *feu* de ton regard, & ſoutenir mon courage dans un combat qui ſera, je l'eſpère, digne d'être chanté par le Virgile du beau tableau de M. Taillaſſon.

M. Taillaſſon, Nº 122

M. Dejoux, Nº. 260.

Cependant Ajax, provoqué par mes cris, & ne me voyant pour toutes armes que ma plume du coq du Tanagra, s'avance nonchalamment vers moi ſans daigner tirer ſon épée du fourreau.

« Pauvre Critès, me dit-il, en me fixant » d'un air d'arrogance & de pitié, j'ai honte » en vérité de meſurer mon bras avec un » ennemi ſi peu digne de mourir de la main » du fils d'Oïlée. Ecoute, chétif mirmidon, » il en eſt tems encore ; retourne en Theſſalie : » ou pour parler ſans métaphore, va-t-en en » Limoges planter tes raves & manger tes » charaignes chez ta bonne ſœur Vallée du » fauxbourg des Arènes (*n*) ».

(*m* 2) Je ne prétends pas dire cependant qu'il faille que l'Artiſte le faſſe boſſu.

(*n*) Il eſt bon ſavoir, *à propos de Peinture*, qu'effectivement Critès eſt Limouſin, qu'il a une ſœur Limouſine,

Si j'avois eu un François à combattre, j'aurois répondu à cet insolent par des coups, je me serois expliqué ensuite; mais j'avois affaire à un Grec. Or jamais dans Homère, un Guerrier Grec n'a reçu de bordées d'injures sans y répondre; ainsi, pour ne pas manquer aux *convenances comme M. Dejoux* & *suivre* mon Homère *mieux que lui*, ... je lui fis cette réponse: M. Dejoux. N°. 260.

« Coquin! maraud! sacrilége! qui n'as jamais dit un *Pater* de ta vie, ce n'étoit donc » pas assez que *Saint Nicolas (o)* t'eût puni une » fois de tes impiétés, sans t'exposer à éprouver » encore la vengeance du Ciel. Vois-tu » cette *plume* qui te paroît si fragile, & » avec laquelle, si je voulois, je pourrois » t'assommer sans que tu y visses *plus clair* » qu'à l'Hôpital du fauxbourg de Jérusalem, » où l'on guérit de la *berlue* en voyant panser M. Robbin. Nos. 177 & 178.

& qu'elle demeure rue du faubourg des Arènes, ce qui prouve net que le dessin du sieur Moreau, représentant Tullie faisant passer son char sur le corps de son père, fait le plus grand honneur au crayon de cet Artiste, & c'est ainsi que la sœur de l'Auteur & tous les gens de goût l'ont jugé. M. Moreau, jeune.

(*o*) Neptune, le Saint-Nicolas des Payens, fendit de son trident, le rocher sur lequel Ajax insultoit aux Dieux.

» les *jambes* des pestiférés. Eh bien, cette » *plume* est la fourche ou le trident qui t'a déja » puni de ton audace. Dis ton *requiescat in pace*, » villain Hullan (*p*), & recommande ton ame » à Saint Jean Népomucène, ton Patron; car » je vais t'envoyer tout-à-l'heure chez le Père » Éternel porter une lettre à Henri IV ».

M. Dejoux. N°. 260.

Ces paroles *sublimes* que Xantus, cheval d'Achilles (*q*), n'auroit pas prononcées d'un ton plus imposant, furent reçues avec un air de mépris qui me révolta. Un *coup de plume*, vigoureusement appliqué sur sa cuisse *gauche & plate*, lui apprit qu'il avoit affaire à un champion plus redoutable qu'il ne se l'étoit imaginé. Ajax, jusque-là immobile & dédaigneux, sentit enfin la nécessité de parer les nouveaux coups que je me disposois à lui porter.

Alors commença entre nous un combat terrible, que le continuateur de Welly doit transcrire dans les Fastes de l'Histoire.

(*p*) Hullans, troupes légères, sous le Maréchal de Saxe. On les appelloit les *Sans-culottes*, parce qu'effectivement ils ne portoient qu'un petit jupon court comme les brasseurs.

(*q*) Xantus, cheval d'Achilles, beau-frère de la bourrique de Balaam, *s'arrêta tout court* au milieu d'un combat pour haranguer (Hom. l. XIX, vers 408.) Et ce ne fut pas une harangue de cheval!

Autant les deux larges, grands & noirs tableaux, tout là-haut à gauche, l'emportent par leur taille, leur marge & leur *aulnage*, sur celui où un Peintre a su attendrir l'ame du Spectateur en faveur de Marc-Antoine, en lui faisant partager avec ce Héros mourant & malheureux, l'espoir, hélas! trop flatteur, de revoir la belle Cléopâtre (*r*) : autant le Locrien Ajax l'emportoit sur moi par sa taille gigantesque. Mais je le surpassois en adresse & en agilité. Je voltigeois sans cesse autour de son corps énorme, sans lui laisser jamais un instant de repos, opposant toujours avec intrépidité ma *plume* à son épée, & lui portant des ripostes vives & inattendues, auxquelles il faisoit de vains efforts pour se soustraire.

M. Robin, Nos. 177 & 177.

M. Perrin. Nos. 164 & 165.

(*r*) On n'ose dire, qu'à M. Perrin lui seul, tout le plaisir que ce tableau & celui de Cyanippe, quoiqu'un peu *noir*, m'a fait. Les deux femmes qui se renversent sur le premier plan de celui-ci, m'ont paru dans le sentiment de la *bonne & simple nature*. Ses plans sont bien distribués, son pinceau a de l'harmonie & de la vigueur. Des défauts, sans doute; mais sans doute aussi, M. Perrin, a la bonhommie d'en convenir, & la volonté de s'en corriger.... Des progrès à faire encore.... point d'amour-propre; de la docilité pour la censure. Mais l'amour du travail & de la gloire donc! sans cela me serois-je exposé à me faire échiner par Ajax.

M. Vernet. du No. 18 au No. 39. Ainſi l'on voit ſur les *Mers-Vernet*, aux rayons pâles & tremblans de la Lune ; ou lorſqu'un beau matin, l'Amante de Céphale entr'ouvre de ſes doigts de roſe les portes de l'Orient ; à l'inſtant où Phébus, arrivé au milieu de ſa courſe, ſourit à Irène la douzième des Heures, & s'enveloppe d'un léger nuage pour lui témoigner l'ardeur de ſes feux ; ou quand il s'empreſſe d'aller les éteindre dans le ſein humide de Thétis ; lorſqu'enfin le Souverain du Ciel & des Mers, irrité par la Junon de M. Boizot, évoque d'un coup de pinceau (*s*) Orythie & les Autans, & ſoulève les ondes ; ou lorſque, cédant aux careſſes d'une Vénus *qui n'eſt pas celle de M. Pajou*, mais peut-être celle de *Porporati*, il rappelle les Zéphirs, & ordonne aux Néréïdes de jouer autour du char d'Amphitrite.....

Ainſi, dis-je, on voit dans les *Mers-Vernet*, deux Vaiſſeaux de grandeur inégale combattre cependant avec le même avantage. Si par la

---

(*s*) Le pinceau eſt à M. Vernet ſur la toile, ce que le trident eſt à Neptune ſur la mer. Cela eſt ſi vrai, qu'un matelot diſoit à ſon camarade qui vouloit aller voir une marine de ce Peintre. Vas-tu te faire attraper auſſi, Jacques? Tiens, regarde, c'eſt comme ici... Il lui montroit la mer.

lourdeur de ſon choc, le plus grand s'efforce de briſer l'autre ; celui-ci, par ſa légèreté, évite ſa rencontre, revient, ſe retire, revient encore, voltige autour de ſon peſant adverſaire, le harcelle & le fatigue par ſes attaques ſans ceſſe interrompues & ſans ceſſe répétées. M. Dejoux, N°. 260.

Cependant Ajax, hors d'haleine, furieux, couvert de ſueur & de pouſſière (*t*), veut, par un coup déciſif, achever le combat ; & ne s'inquiétant plus s'il s'expoſe à mes coups, il empoigne ſon épée à deux mains, & raſſemblant toutes ſes forces, il vient pour m'en décharger un coup terrible ſur le coronal. Je ſaute habilement de côté ; j'oppoſe ma plume au tranchant du glaive. L'acier étincelle, frémit & va frapper la terre. Pendant qu'Ajax eſt entraîné lui-même par la roideur de ſon effort, je reviens ſur lui en eſpadronnant ; & d'un coup de *taille & de revers*, appliqué d'une *main vigoureuſe* ſur le feſſier Ajacien, je lui ôte à jamais l'envie de s'offrir *in naturalibus* à la face

(*t*) Homère auroit dit, couvert de ſueur de *ſang* & de pouſſière, mais ma plume de coq ne veut s'imbiber de ſang de perſonne. Celui qu'elle tue à midi, peut dîner très-gaiement avec ſes amis à une heure.

M. Dejoux, N°. 260. des honnêtes gens que ſon *immodeſtie a révolté & révoltera* juſqu'à ce que M. Dejoux, à qui je demande bien pardon de tout ceci, lui ait donné un habit dans un *goût un peu plus attique.*

Au lieu d'abuſer de la défaite d'Ajax, je voulus lui prouver au contraire, que, ſi Critès ſavoit vaincre, il ſavoit auſſi ſe modérer dans la victoire. Je lui préſentai la main pour ſe relever.

Renaud. N°. 120. « Allez, brave Ajax, lui dis-je, allez dans » l'attelier de M. Dejoux faire *panſer vos bleſ-* » *ſures.* Imitez l'Oreſte de M. Renaud, qui de » lui-même s'eſt jugé. Le voici qui ſort du » Sallon; & malgré beaucoup de Dames qui » le trouvent très bien dans *ce coſtume*, ſur » l'avis de mon portrait ſans doute, il va » chez le Tailleur *Ellenus* qui demeure au » *Portique*, commander un habit noble & » décent, *moins entortillé* & qui *ſente moins le* » *Couvent* que celui de ſa ſœur, enfin plus » *conforme* à la ſcène qu'il repréſente que ceux » des jeunes Prêtreſſes de Diane qui ſont vê- » tues, (M. Renaud voudra bien nous dire » pourquoi), *d'une manière ſi oppoſée à celle* » *d'Iphigénie*, qui n'eſt, ce me ſemble, que

» (*prima inter pares*,) *la première entre ses* M. Renaud, N°. 120.
» *égales* (*v*).

(*v*) Le tableau de M. Renaud eſt un de ceux du Sallon où l'on remarque plus de défauts & de beautés. Ses têtes ſont aſſez nobles, ſes formes belles, ſa couleur vraie, ſes draperies aſſez bien jettées, ſes chairs bien exprimées; la diſpoſition locale de ſon tableau eſt heureuſe, ſes fonds ſupérieurement faits & très-vaporeux, ſon pinceau eſt moëleux, ſon deſſin eſt généralement correct. M. Renaud eſt plein de talens enfin, *& aime mieux lire l'hiſtoire ancienne que des critiques.* Ce mot qui eſt de lui, prouve qu'il a un jugement exquis; ainſi (comme il ne me lira pas), ce ne ſera pas pour lui que je vais parler de ſes défauts.

L'attitude de ſon Oreſte eſt forcée, ſes deux bras en l'air, ſes deux jambes écartées, & ſa tête dans le milieu, lui donnent l'air d'un moulin à vent que Dom-Quichotte prend pour un géant; les muſcles pectoraux & de deltoïde de ſon Académie ſont trop en contraction, les bras n'étant pas aſſez portés en haut, pour produire cet effet. Il y a trop de longueur du haut du ſternum à la fourchette, ou pour parler métier, au cartillage *xiphoïde*; la demi-teinte trop prononcée au deſſous du ſein & à l'hypocondre, ſemble partager ſa poitrine en deux étages égaux, de manière que ſi l'on ajoutoit un mamelon à l'arondiſſement que forment en bas de chaque côté, les fauſſes côtes, cela formeroit un double étage de tetons, &c.

Son Iphigénie eſt trop longue de la cheville aux hanches, la partie droite eſt plus longue que la gauche, ſon attitude fait trop la contre-partie d'Oreſte. Il n'eſt pas dans la nature qu'elle penche le corps ſur la partie droite, en penchant ſur cette partie, elle donne, à ſes draperies,

» Pardon, Ajax, si je vous entretiens de ces « choses-là, quoiqu'elles ne puissent pas vous » être tout-à-fait indifférentes, puisque vous » avez connu Agamemnon leur père. Mais » je m'apperçois qu'elles sont au moins dépla- » cées dans un moment où vous avez besoin » de repos & de prendre force décoction de » vulnéraire Suisse. Soyez tranquille ; j'ai » fait signe à M. Perrin, qui a au Sallon *une*

M. Renaud. N°. 126. un abandon qui doit empêcher que le sein droit se prononce à travers ; & son sein droit est aussi prononcé que si la draperie suivoit la forme du corps. — Cette reconnoissance paroît plutôt effrayer le frère & la sœur que les surprendre & les attendrir. —La jeune Prêtresse qui est derrière la colonne auroit pu devenir un épisode fort heureux, en exprimant dans son attitude, dans son geste, dans le mouvement de sa tête, dans l'expression de sa figure, ou l'effroi qui l'a conduite, ou la surprise qui va l'en faire sortir, ou la curiosité qui la ramène. On dit qu'on a conseillé à M. Renaud cette figure, on a bien fait. Mais il falloit lui donner un mouvement, une vie, déterminer une action ; voilà ce qu'on aura dit aussi à M. Renaud, & voilà ce que M. Renaud aura oublié. Je prie ceux qui *liront* cet article de dire à M. Renaud qui *ne le lira pas*, que : « pour peindre l'histoire, il ne suffit pas de composer un sujet, de le fixer sur la toile ; il faut encore l'animer & lui donner cette émotion qui électrise le spectateur, le transporte en esprit dans le lieu, dans l'intention & dans le dramatique de la scène ».

Académie

» *Académie moins malade que la vôtre*, de dé-
» pêcher Esculape chez l'Apothicaire d'Ama- M. Perrin. Nos. 166 & 170.
» thonte. Il a rencontré Vénus (x) sur la route
» du mont *Ida*, qui lui apportoit à *Epidaure*
» des simples pour guérir *Enée*, lequel vient
» d'être blessé par Turnus aux *Champs de La-*
» *vinie*, dans l'instant même où je vous ap-
» pliquois *ce que vous savez & où vous savez*
» *dans la cour du Louvre.* Adieu! Envoyez-
» moi le bulletin deux fois le jour, où je l'en-
» verrai chercher par mon Jokei ».

Tout blessé que fut Ajax, malgré son humeur sauvage & le déplaisir qu'il éprouvoit de me laisser possesseur des charmes de Cassandre, il ne put s'empêcher de réfléchir sur la vicissitude des choses humaines, qui avoit conduit dans le même lieu tant de personnages si opposés entr'eux ; & fait venir de si loin deux héros d'une humeur aussi incompatible, qui alloient se trouver ensemble à l'Hôtel-Dieu de Paris, & peut-être dans le même lit, où il seroit fort plaisant de voir le Grec Ajax & Enée le Troyen soignés par une petite Sœur grise,

(*x*) Ce tableau, représentant Vénus, remettant à Esculape des simples pour la guérison d'Énée, n'est pas le plus beau de l'Artiste.... Pierre noire, M. Perrin! Pierre noire!

brune ou blonde, du pays de Caux & dont les yeux frippons & la mine égrillarde,

Et sous le lin certaine chose,
Qui va, qui vient, & jamais ne repose,

pourroient fort bien leur causer de nouvelles blessures, rallumer d'anciens feux, & faire d'un Hôpital de malades un nouvel *Illium* (*y*).

Cependant, j'avois laissé faire à Ajax les réflexions qu'il avoit voulu ; & pendant qu'il sortoit appuyé sur Oreste, que plus d'une Hélène à beau plumage lorgnoit, m'a t-on dit, du coin de l'œil ; j'étois allé rejoindre Cassandre qui triomphoit de ma victoire.

Elle ne put s'empêcher pourtant de me faire de tendres reproches sur la longueur de mon combat ; sur mes comparaisons de peinture *à propos d'Ajax* ; sur mes imprécations quand il en *falloit venir aux mains* ; sur mon indulgence quand il falloit *assommer* ; & particuliérement sur mes réflexions oiseuses, quand l'amour & la reconnoissance me réservoient un prix aussi rare que celui qu'elle me destinoit.

Je m'excusai de mon mieux, en lui disant que je faisois comme M. Lagrenée l'aîné, qui, en mettant *force & force étofferies* sur ses figures,

(*y*) Je ne conseille pas à MM. les Directeurs de les recevoir, crainte de malheur. Qu'ils les séparent au moins.

croyoit par-là leur donner de la chaleur & de la vie ; qu'au surplus, ce que j'en faisois n'étoit que pour imiter Homère qui l'*avoit chanté*, & *rajeuni* son portrait à-peu-près comme M. Vestier, Madame Lebrun ont rajeuni le leur & celui de bien d'autres. Elle trouva mon excuse aussi juste que galante, *& ma comparaison fort à propos*. Mais il avoit pris fantaisie à Vernet de faire tonner ; la pluie commençoit, & je lus dans ses beaux yeux que, si Homère n'étoit pas un sot, Virgile qui conduisit le pieux Enée & la tendre Didon dans une grotte, pour les mettre à l'abri de l'orage suscité par Junon, avoit bien plus d'esprit encore.

Une grotte !.... C'est bien aisé à dire à Virgile, dont les Héros couroient à travers champs, & dans ce cas-là j'aurois chanté tout comme Enée la chanson :

Il pleut, il pleut, Bergère....

Mais j'étois dans le cœur de Paris..... Mais au Louvre.... Mais dans un Sallon *à Peintures*... Mais pas le plus chétif jardin Anglois aux environs !...... Mais on se pendroit à moins !...... Mais, mais, Messieurs, enseignez-moi donc une grotte !.... Mais on ne désespère pas un homme comme cela !.... Mais.....

Pour rencontrer une grotte, je m'étois, un gentil Bernard à la main, égaré cent & cent fois en cherchant la *vérité* dans les aimables Païsages de M. Tonnai; je m'étois rôti en parcourant la *jaune*, *jaune Italie* avec M. Valenciennes; je m'étois cassé le col dans les montagnes *glissantes* de la Suisse avec M. Demarnes; j'avois consulté la simplicité, la vérité & *jusqu'aux torts de la Nature* avec M. Nivard; je m'étois promené avec plaisir, mais peut-être un peu trop à *couvert* dans les campagnes d'*Albane*, de *Tivoli*, & dans les jardins de *Borghèse* avec M. Hue; je m'étois enfoncé, *comme j'avois pu*, dans les vues de M. Huet, sans y rencontrer ame qui vive, & sans que personne voulût m'y accompagner..... Enfin, je l'avois demandé à tout le monde, ce *mechant garçon*; & quoique je ne me fusse adressé qu'à des gens d'esprit, personne n'avoit pu m'enseigner M. Fragonard, & point de grotte.

MM. les Paysagistes.

M. Huet. Nos. 60 61.

A force de chercher, de rechercher; j'en trouvai cependant une dans le catalogue (z), N°. 136. Quoi donc avoit pu m'empêcher de la distinguer au Sallon? — C'est que, ni le tableau, ni la grotte..... — Ah, Lecteur!

M. César Vanloo. N° 136.

(z) Elle étoit pourtant là haut. Eh oui! là-haut....

c'eſt bien vous qui êtes un méchant, cette fois.....

Car ne ſe peut-il pas, que j'aie été arrêté par la crainte, par exemple, d'être changé en loup, comme Licaon ; ſi j'avois eu l'imprudence de porter mes regards curieux ſur Diane & ſes Nymphes (1), qui ſe baignoient dans un ruiſſeau voiſin. Oui, c'eſt cela même! Comme je ſuis très-prudent, j'avois détourné les yeux pour ne pas effaroucher la pudeur des Nayades (2) qui le gardoient. C'eſt dans cette grotte ignorée de tout le monde que mon petit Neveu (3), l'Amour conduiſit mes pas.

La fraîcheur du lieu,.... un myrthe, ... des violiers carreſſés par le zéphir, ... un lit de gazon que Flore avoit embelli, ... deux tourterelles qui ſe becquetoient ſur l'ormeau voi-

(1) Il y a des petites couturières qui ſe baignent auprès de cette grotte; voilà pourquoi Critès les appelle Nymphes de Diane, attendu que Diane eſt la Générale de l'Ordre-Couturière.

(2) C'étoit ainſiqu'on appelloit les blanchiſſeuſes du tems d'Homère.

(3) L'Amour eſt mon neveu, parce mon portrait a épouſé au Sallon une jolie petite fille, & du conſentement de ſon Papa Houdon, & que l'amour de M. Roſlin eſt le fruit de cette union, ſans des points......... on ſauroit tout cela.

fin, ... leurs accens amoureux, ... mon Neveu qui s'amusoit à épanouir une rose, ... deux beaux yeux & d'autres appas que les gazes de M. de Joux n'empêchent pas de voir. . . . . » Ruisseau, dont le doux murmure semble inviter à la volupté, soyez témoin discret de mon bonheur. Et vous, Nymphes, Nymphes jolies de M. Roslin, si vous avez entendu nos soupirs, n'allez pas nous trahir, comme vos Compagnes de Lybie ont trahi la Reine de Carthage (4). Je vous promets de n'en rien dire à Diane ni à Vallayer quand je vous rencontrerai avec le Chasseur Endymion. Echo, j'amenerai Narcisse à tes pieds : mais oublie ton babil ordinaire, si Fanchette ou ma Xantippe (5) viennent jamais dans ces lieux.

Je m'étois endormi auprès de ma Beauté Grecque, & bientôt j'oubliai dans un songe le plus agréable Ajax, mes combats, ma femme, ma plume, & l'Univers.....

---

(4) Lorsque l'orage conduisit Énée dans la grotte avec Didon, il fut espioné par les Nymphes qui allèrent le divulguer partout, & le dire jusqu'à la Renomée,

.... *summoque ulularunt vertice Nymphæ.*

(Eneid liv. 4. vers 168.)

(5) Mais, mon Dieu! faut-il vous le dire cent fois? C'est ma femme.

O MERE de la Peinture, toi, qui la première, à la lueur d'un pâle flambeau, traças le portrait de ton Ami, daigne veiller sur Critès & sur son talisman; & quand le sommeil aura pendant quelques heures raffraichi mes sens agités, viens avec ton blaireau chatouiller doucement ma paupière, & forcer mes yeux étonnés à se r'ouvrir, & ma main à caresser tes charmes, ou à piquer en riant défauts que s'efforcent de te donner ceux, qui, malgré Minerve, s'emparent de tes crayons, & finiroient par déshonorer tes pinceaux.

Fin de l'AVANT-MIDI de la seconde Journée.

AVENTURES DE CRITÈS AU SALLON.

SECONDE JOURNÉE.

APRÈS MIDI.

HOMMES prévenus que nous sommes, ne cesserons-nous jamais de nous laisser aveugler par le délire d'une imagination qui nous peint toujours les choses comme elles devroient être, & jamais comme elles sont.

Je m'étois donc endormi sur les genoux de la fille de Priam. Un songe, hélas ! c'étoit bien un songe, m'avoit transporté dans l'Isle de Cos, Patrie d'Apelles. J'y causois avec ce Grand-Homme, ou plutôt la Déesse des Arts y causoit avec moi. J'avois rendu à la Folie sa marotte & ses grelots. A couvert sous l'égide de Minerve, j'étois garanti des traits de la Sottise, dont j'ai éprouvé moi-même qu'il falloit adopter le langage, pour se faire écouter dans un tems & dans une Ville, où Apœdie (1) est la seule Divinité qu'on encense.

Eloigné *de ces lieux*, où, malheureusement pour l'Art, s'est élevé une Ecole dans laquelle

. . . .

. . . .

---

(1) On sait avec quelle frénésie on s'est porté aux misérables farces de M. de Beaumarchais, à la honte du goût, des mœurs, à la honte de M. de Beaumarchais lui-même, qui, dans le tems de ses succès, se plaisoit à se faire appeller l'enfant gâté de la Nation. Si l'on examine l'excès d'avilissement où cet homme sans goût a fait tomber la Scène Françoise; on peut bien dire, pour user de son plat jargon, que l'*enfant gâté a si bien gâté sa mère*, que le mal est aujourd'hui sans remède.

En effet, est-il possible d'aller s'élever l'ame aux belles scènes de Cinna, lorsqu'on la salie dans la fange avec un Figaro & un Calpidgi, qui viennent encore nous infecter jusques dans un Sallon de Peinture. *N.B.* Il y avoit, il y a deux ans, un Figaro au Sallon, cette année c'est un Calpidgi. — Dans deux ans, que sera-ce?

. . . .

. . . .

. . . .

. . . .

. . . .

. . . .

. . . .

. . . . Loin des Sallons Académiques, enfin, j'interrogeois la Nature, & j'admirois combien la Nature eſt éloquente pour ceux qui l'interrogent de bonne-foi.... Aurois-je jamais pu prévoir ce qui va m'arriver preſqu'à l'inſtant de mon réveil?

J'aime les Arts, j'ai pour eux cette tendreſſe ſimple & ingénue qu'on éprouve auprès d'une femme adorée, adorée parce qu'elle mérite de l'être. L'illuſion embellit tout dans une Maitreſſe qu'on adore; ſes qualités les plus ordinaires deviennent des vertus, ſa beauté des charmes inexprimables, ſes caprices, j'allois dire ſes défauts; des demi-teintes imperceptibles qu'on entrevoit *sans humeur*, & qu'on critique *avec regret.*

Hélas ! quelle étoit mon illusion ! La noire Déesse y habitoit plus qu'ailleurs ; & si je n'eusse pas été si préoccupé, je l'aurois apperçue tapie presqu'à côté de chaque tableau, sous la figure de l'Artiste à qui appartenoit le tableau voisin..... Ses yeux obliques & perçans ; sa figure pâle & sinistre ; ses oreilles toujours tendues pour entendre le mal, ou, qu'en frémissant, elle se bouche de ses mains étiques pour ne pas entendre le bien ; sa bouche distillant le fiel & les poisons ; ses ongles crochues dont elle est toujours prête à déchirer le mérite ; tout enfin, en m'apprenant à la connoître, m'auroit prévenu qu'il falloit que je me tinsse sur mes gardes.

Malgré tous les efforts qu'elle faisoit pour ne pas m'entendre, le plaisir de louer me faisoit parler si haut, sur-tout depuis que le bon Henri m'avoit ordonné d'OUBLIER MON RESSENTIMENT CONTRE CES MESSIEURS (1), qu'elle m'avoit entendu donner à M. Vien des éloges mérités. Elle avoit dé-

(1) Voyez première Journée, page 26 ; il est essentiel de s'en rappeller.

tourné les yeux, lorſque, dans le bois d'Ivri, j'avois baiſé la robe de Madame Adélaïde & la main de Madame Guyard, que je louerai, *malgré qu'elle en ait* (1), d'avoir repréſenté la fille de nos Rois avec cette *ſimplicité modeſte & touchante* qui convient ſi bien à ſon âge, à ſon caractère, à ſes vertus; *ſur-tout dans un moment d'émotion*, où l'on oublie les grandeurs, la naiſſance, le trône, pour ſe rappeller qu'on eſt homme & reconnoitre les droits de la Nature (2). Madame Guyard. N° 110.

(1) Madame Guyard ne veut pas qu'on la loue, elle ſe vante qu'elle lave la tête à ceux qui la louent.... Et je prétends vous louer, moi, Madame! & c'eſt mon vouloir à moi! Vais-je dans votre attelier déranger vos crayons, ſalir vos pinceaux? Non! Eh bien, Madame, laiſſez-moi faire ce que je veux dans mon cabinet, & *n'effacez rien dans mes papiers*; qu'eſt-ce donc que cette femme-là?

(2) A l'occaſion de ce portrait, le plus beau peut-être du Sallon, (Madame Guyard! ne recommencez pas, je vous prie); j'ai entendu un ſot Lanlair, qui, après en avoir loué les acceſſoires, *blâme le ſombre de la tête*, demande plus de mobilité & de jeu dans la phyſionomie. *M. Lanlair*, voulez-vous bien ſentir que c'eſt-là préciſement le mérite de ce portrait, dont l'original eſt cenſé être *abîmé* par les regrets d'avoir perdu trois têtes auſſi chères.

M. Lanlair, diſcoureur en l'air, conſidérez-donc l'âge,

Elle avoit frémi en me voyant entrer dans un paysage, dont le site, choisi par le goût, a été dessiné par les Grâces ; & sur-tout lorsqu'elle m'apperçut au-bas d'un têtre augmenter la foule des divers Auditeurs, qui écoutoient avec attention le Troubadour Tonnai, qui ce jour-là, Pélerin ou Hermite de Cythère leur contoit ceci ;

M. Tonnay. N°. 215.

Peintre, Penseur, Amant, Hermite tour-à-tour,
C'est ici que je chante, ou médite, ou soupire.
Je fais des hymnes à l'Amour.
J'esquisse mes portraits, ou je monte ma lyre.
Souvent avec Diane on me voit dans les bois,
Forcer un Daim léger, mettre un Cerf aux abois.
Je reviens, & le soir, dans une aimable orgie,
Je bois à Dibutade (1), ou caresse Thalie.

---

l'âge de Madame Adelaïde, qui exige cette tranquillité dans les douleurs. Auriez-vous mieux aimé, M. Lanlair, que Dieu confonde, que Madame Guyard peignit cette Princesse s'arrachant les cheveux ? Enfin,

Monsieur Lanlair,
Discoureur en l'air,
Monsieur Lanlair que Dieu confonde,
Monsieur Lanlair, le plus Lanlair du monde.

Taisez-vous, & allez à l'école du goût & du sentiment.

(1) Dibutade, celle qui la première essaya de tracer des portraits avec du charbon.

Aujourd'hui Frère Capuchon,
En toute humilité je vais en Idalie,
Sur l'Autel de Vénus consacrer mon cordon.

Ses ſerpens avoient ſifflé plus qu'à l'ordinaire, lorſqu'elle m'avoit apperçu agenouillé ſur la mouſſe, un petit agneau ſous le bras, & prendre ma part de la bénédiction que ce digne Frère, qui s'étoit pour lors attaché une barbe poſtiche, donnoit aux troupeaux & aux Paſteurs, & couper un morceau de ſa robe, pour me faire des Reliques.... Bienheureuſe Madone, qui préſidez à ces lieux champêtres, pourquoi ne la fîtes-vous pas expirer de rage, quand elle me vit un peu plus loin couronner la Roſière & l'orner des guirlandes, qu'il avoit bien fallu que je cueilliſſe dans les Jardins de Flore, * puiſque Madame Eliſabeth avoit dépouillé ceux de Van-Spaendonk, pour en faire hommage au meilleur des pères, au bon Henri.

No. 210.

No. 209.

*Mde. Vallayer Coſter.

La cruelle Déeſſe avoit été témoin de mon combat avec Ajax. Elle m'avoit ſuivi dans la grotte avec Caſſandre: c'étoit elle qui, de concert avec la Circé de M. Lagrenée le jeune (1), avoit exprimé ſur mes yeux des

(1) J'ai parlé bien des fois de ce bizarre tableau, ſans entrer dans aucuns détails. L'enchantereſſe Circé

ſucs préparés par cette Pythoniſſe, preſqu'auſſi hideuſe que celle qui évoqua l'ombre de Samuel. Dieux! pouvois-je jamais imaginer que le paiſible repos dont je jouiſſois, fût l'ouvrage d'une Furie, qui tient éveillés tant d'honnêtes maris à Paris, & peut-être toi-

M Lagrenée, le jeune. N°. 13.

indépendamment de ſa laideur, a une contenance ridicule, une expreſſion baſſe; le bras qui préſente la coupe eſt guindé, on ne ſait comment. Uliſſe a l'air d'un manequin qui perd contenance, ou d'un homme ivre qui va tomber à la renverſe. Le déhanché Mercure eſt ſans caractère; à moins que l'on ne prenne pour caractère, l'expreſſion outrée des *dentelés & des obliques* qui ſont ſentis dans cette *bizarre* figure, comme ils le feroient dans un Hercule. Il ſemble s'être diſloqué les membres en tombant d'une Montgolfière; on demande à M. Lagrené ſi c'eſt par la fenêtre que cette figure aërienne eſt entrée dans l'appartement, ou ſi elle a percé le plafond; dans ce cas-ci où eſt le trou qu'elle a fait? L'épiſode de la fille de baſſe-cour de Circé eſt ignoble, & plus ignoble encore par la manière dont il eſt rendu. Ce que j'y trouve de mieux, ce ſont les quatre jambons de ces deux porcs, que je ſuis fort aiſe de trouver dans des tableaux d'hiſtoire, parce que j'aime les jambons. Enfin, je ne parle ni du lieu de la ſcene, ni de ce tas d'herbages vénimeux à côté de la Bohémienne de Circé, ni de cette poignée de chicorée ſauvage qu'apporte le Mercure... Malheur, cent fois malheur au Peintre qui a recours à d'auſſi *petites* reſſources, ou qui ſe croit obligé d'y avoir recours.

même, mon cher Lecteur, qui ne sais pas, ou qui ne veux pas écouter cette maxime du Sage :

Quand on le sait, c'est peu de chose.
Quand on l'ignore, ce n'est rien.

Elle avoit profité de mon sommeil pour se saisir de ma plume ; ensuite, ayant pris les traits & le *squelette hideux* de la vieille mère *Bétis*, elle s'affubla du *drap mortuaire* qui sert de draperie à Cinna, & se rendit bientôt dans l'appartement de Madame Critès, qui s'inquiétoit, en bien dormant, de l'absence de son cher mari.

Le Discours qu'elle lui tint ne fut pas aussi soigné que celui de la Mollesse dans Boileau. Aussi n'avoit-elle pas besoin de perdre des fleurs d'éloquence avec ma femme (1).

« Vous dormez, Madame Critès, lui dit-elle ; vous dormez ! Dans votre délire, vons croyez que votre coquin de mari s'occupe à parcourir les prétendues belles & savantes ruines de ce

M. Robert.

(1) Qu'on en juge... Après avoir lu cet article, ma bonne femme est accourue chez sa voisine lui demander ce que c'étoit *que ces fleurs d'éloquence*, si cela *montoit en graine*, si cela se *margotoit* comme des œillets, si cela *provenoit d'oignons comme les tulippes* ; enfin, si cela *poussoit comme des champignons*... La voisine qui est une malignè commère, lui dit que oui, que cela poussoit comme des champignons..... A l'Académie seulement.

Robert que je hais à la mort parce que tout le monde l'admire. Le fourbe Morphée
N°. 46. vous le repréſente dans l'intérieur du Temple de la chaſte Diane, ou dans celui de Jupiter,
N°. 50. occupé à prier ou à recueillir quelques curioſités antiques, dont l'ingrat devroit ſe faire une fête d'orner votre chiffonnière. Vous le
N°. 54. voyez peut-être aſſis auprès du tombeau de Titus, achetant au Dieu de l'Hyménée des Coquelicots ou des Reines-Marguerites, pour les offrir à la plus aimable & la plus *carreſſante* des épouſes. Ah! Madame Critès, Madame Critès, votre monſtre avoit ſeulement un petit Chevreau, qu'il avoit dérobé au Bacchus de M. Deſeine; il avoit un petit Mouton. Eh bien! il a donné le petit Chevreau pour un baiſer *qu'il n'a pas eu*, à une jeune fille dont les charmes me feront mourir de dépit. Et le Mouton, qu'en a-t-il fait?...... Cadeau, ſans doute à je ne ſais quelle Caſſandre, qu'il a arrachée des mains d'un Hulan avec lequel il s'eſt battu. Il l'a menée enſuite dans je ne ſais quelle grotte d'un des Payſages-Vanloo (1), qu'il *métamorphoſe* à ſon gré en

(1) Touches maigres; ſites bizarres; couleur, je ne ſais comme; arbres, je ne ſais comment; terre & ciel, je ne ſais où, &c.

vallons riants de Tempé, en campagnes fleuries, en bosquets de Vénus, en taillis de Cythère. M. César Vanloo. N° 136 & 133.

A l'instant où je vous parle, Madame Critès, savez-vous ce qui l'occupe? Après avoir pris ses ébats & dormi son content, il est allé avec sa Dulcinée se faire dire la bonne aventure par un vieux Sorcier, pillé dans M. Debucourt, qui a bien fait de ne pas venir cette année au Sallon, où j'aurois peut-être eu la douleur de l'entendre louer par votre mari, qui pourtant l'a envoyé en Chine, il y a deux ans. M. Debucourt.

Vîte hors du lit, Madame Critès; *& pour être plus agile, cotillon simple & souliers plats*, nous l'y trouverons encore. Je lui ai dérobé sa plume pendant son sommeil, afin que vous puissiez à votre tour le prendre sur le fait, & le souffletter comme il le mérite, sans qu'il puisse comprendre d'où lui pleuvent vos soufflets.

Madame Critès ne se le fit pas dire deux fois, & d'un sault la voilà hors du lit, ... dans la rue, ... au Louvre, ... au Sallon, ... au N°. 31, ... à mes côtés. Dis un mot, pauvre Chrisostôme.

« Et vous dites donc, Monsieur le Magicien,

» continuai-je, que cette méchante incarnée
» diablesse de femme ira, grace à Dieu, rejoindre
» celle de Socrate, avant qu'il soit.....

Aie ! aie ! aie ! aie ! Je suis mort.

La grêle, poussée par un vent impétueux, ne tombe pas plus rapidement que les soufflets dont on me gratifioit. Je cherche ma plume ; point de plume. Qu'est-elle devenue ?

Heureusement pour moi, ma femme ne put se contenir long-tems ; & si j'eus la douleur de recevoir mille coups, j'eus au moins le plaisir de savoir à qui je les devois : il faut convenir que c'est *une grande consolation.*

Ma femme, ma chère femme. grace ! m'écriai-je quand je l'eus reconnue. Je serai l'exemple des maris fidèles, je vous le jure par l'Amour conjugal de M. Lemonnier, & par tous les Amours conjugaux qui sont ici ; & puis :

De vos soufflets, mon cœur, l'argument pathétique,
A gravé sur ma joue en un style énergique,
Qu'il est tems ou jamais de fixer mes desirs,
Que désormais l'hymen doit fixer mes plaisirs.
Je l'éprouve à présent cette *douceur* extrême,
De se voir *caressé* d'une épouse qu'on aime,
De s'entendre appeller petit cœur & mon bon,
De voir autour de soi croître dans sa maison,

Sous les paisibles loix d'une agréable mère ;
Des petits citoyens dont on croit être père.

Ce dernier Vers auroit fort bien pu rallumer la querelle ; mais heureusement pour moi, ma femme étoit distraite par l'absence de sa Conductrice, que le plaisir d'entendre critiquer le tableau de M. Vestier (1) avoit fait accourir, & M. Vestier. N° 146.

(1) Le tableau de Famille de M. Vestier est, en portraits, un des meilleurs morceaux du Sallon ; expression dans les figures, graces dans les attitudes, vérité dans les étoffes, disposition heureuse dans les accessoires ; l'œil, enfin, trouve partout de quoi se satisfaire. En *s'enfonçant* dans l'appartement, on prend plaisir à y rencontrer une *scène intéressante*. Un petit enfant dans les bras de sa Bonne, veut, à toute force, baiser son grand Papa ; *apparemment que c'est M. Vestier qui a peint ce grand papa...*

Ce tableau pourtant, n'est pas sans reproches, nous laissons à d'autres le soin de les distinguer. Nous nous bornerons à observer à M. Vestier, que ce tableau est trop portrait, que ces *trois figures* qui regardent *trois fois* les Spectateurs, disent *trois fois trop*. « NOUS VOICI BIEN EN FACE, NOUS RECONNOISSEZ-VOUS ? » Madame Vestier nous a paru bien peinte ; mais un mauvais choix dans les étoffes. — Le Monsieur qui trouve les tableaux de M. Vestier d'une composition malheureuse, tout en étoffes & sans figures, est M. l'Amateur de Paris ; c'est lui qui a osé proférer ce blasphême, page 20, ligne 21.

qu'un Monsieur trouvoit tout défiguré & d'une composition maigre & malheureuse. Je profitai de ce moment favorable : j'arrachai des mains de ma très-chère épouse mon talisman ; & par sa bienheureuse vertu, la voici au rebours hors du N°. 1, ... hors du Sallon, ... hors du Louvre, ... dans la rue, ... & dans son lit, où Fanchette s'occupe actuellement à la frotter avec de la flanelle d'Angleterre, on se doute bien pourquoi.

Ainsi finit, plus heureusement que je ne devois l'espérer, ma tragique Histoire. Je rentrai au Sallon, tout seul ; car Cassandre & le Diseur de bonne-aventure avoient gagné au pied pour ne pas éprouver le même sort.

La première personne que je rencontrai, fut mon portrait, qui me cherchoit depuis le matin, & dans ce moment il étoit serré de près par *M. Jean Laid-par mille*, qui lui redemandoit ses oreilles. Comme il m'avoit *enseigné l'Art de parler sans rien dire*, je lui communiquai l'Art plus difficile encore d'*entendre sans oreilles* : & d'un coup de plume, je l'envoyai chez Nicolet retrouver sa capricieuse Proserpine & défigurer M. Lantiblanc, c'est-à-dire mon Jokey-Peintre, que M. Nivard avoit ſi bien barbouillé, il y a deux ans (1).

Après avoir délivré mon portrait de ce *Laid* nigaud, je me préparois à aller voir ſi le bon Chevalier étoit enfin réveillé. Je rencontrai M. Bridan. Malgré l'air d'aſſurance que s'étoit *efforcé* de lui donner M. Moſnier (2), il avoit M. Moſnier N°. 224.

(1) Querelles d'Auteur, Meſſieurs ! cela ne mérite pas la peine de vous diſtraire. Ce *M. Jean*, eſt le Figaro que j'ai ſi bien étrillé dans mes Promenades, il y a deux ans, qui *me rend la monnoie de ma pièce*, & m'envoye par ſon Noſtradamus, une centurie que voici, & dont je reſtitue la moitié à mon joli Singe, qui a bizarrement ſingé mes Promenades cette année.

Un Promeneur bavard qui trois promenant
Au grand Sallon d'auparavant,
Dans ſes dits & redits cenſura pauvrement,
Et voulut faire le ſavant,
Comme un autre fait l'ignorant.
» Viendra nous répéter cet an, »
» Piteuſement, verbeuſement, »
» Ce qu'il a dit cent fois & tant. »

Ah ! vous mentez, M. Jean *Laid par-mille*, je n'ai dit qu'une fois que vous étiez un *ſot*, encore étoit-ce pour rimer à *Figaro*. Or, cette année, il faudroit que je rimaſſe à *mille*, il y auroit conſcience.

(2) Si M. Moſnier veut que le Public faſſe un peu plus d'attention à ſes portraits, il voudra bien être plus modeſte dans ſes attitudes, plus vrai dans ſa couleur,

dans *son attitude* je ne sais quoi de *guindé* qui m'inquiéta. J'aime beaucoup cet Artiste. Son Assomption de Chartres, sa Chapelle de l'Evêché, celles du Grand & du Petit Séminaire de cette Ville, avoient excité, il y a trois ans, mon admiration. J'avois été enchanté, le Sallon dernier, de l'expression *simple & noble* qu'il avoit donnée au Maréchal de Vauban. Il ne savoit pas tout cela, mais il savoit notre *petite Orgie* de la veille..... Je risquai pourtant de l'aborder. Deux mots me firent reconnoître.

M. Bridan. N°. 237. Ah, c'est vous, Monsieur Critès, me dit-il; vous avez beaucoup parlé de mon Bayard, je vous en remercie. Vous l'avez grisé, je ne m'en plains pas. Mais le défendre contre les traits de la satyre que *votre note consolante* (1) n'a pas émoussés !.... Descendez avec moi, Monsieur Critès, vous verrez avec quel acharnement on s'obstine à déchirer ma figure. J'ai

---

moins lourd dans ses draperies, ne pas faire du nacre de perle pour du satin, du chatauroux pour du panion; & sur-tout, quand il peindra de grands tableaux à plusieurs personnages, au nombre desquels il se fera un *charmant Peintre*, de ne pas faire tout juste, la contre-partie du tableau de Madame Guyard il y a deux ans.

(1) Voyez, première de ces Aventures, note 1, page 44.

fait

fait tout ce que j'ai pu ; j'aurois voulu faire mieux ; je ferai mieux, sans doute, dans le marbre; mais on me décourage. Je m'attendois à plus d'indulgence de la part du Public, qui a bien voulu quelquefois m'accorder des suffrages honorables. Ah, mon cher Monsieur! je suis bien chagrin.

L'air pénétré avec lequel me parloit M. Bridan m'attendrit; je le suivis dans la cour des figures sans pouvoir lui répondre.

Quoi! disoit une Dame en *chapeau à la Bille-vésée*: c'est-là Bayard, le Protecteur des Belles de son tems ; eh, mon Dieu! le pauvre garçon a la jaunisse. Je lui conseille de prendre des poudres d'Aillot infusées dans du vin d'absinthe. Bon! disoit un *beau Monsieur* en *catogan au Palais-Royal*: ne voyez-vous pas que c'est Don Quichotte de la Manche qui raiguise son épée pour aller se battre contre Mambrin? Vous vous trompez, disoit un Cadédis; *vous né lé connoissez pas; he! c'est Barillé, Fouré-bissuré, à la tête d'or, pont Saint-Michél. Jé lé réconné bién; il m'a vendu un carélée dé trenté-huit poucés avént hiéré.* L'un vouloit que ce fut un Moine du tems de la Ligue. L'autre l'envoyoit poser la statue dans le Festin de Pierre, & M. Lanlair *aux tombeaux de*

Saint-Denis faire le Revenant (1). J'allois d'un coup de *plume*..... Mais Bayard parla ; & quand un Bayard parle, un Lanlair se tait, un Critès écoute, & les Sots sont confondus.

M. Bridan. N°. 137. « Messieurs, s'il ne s'agissoit ici que de moi, » je garderois le silence : mais vous attaquez » un Artiste que j'aime. Je vais le défendre » avec ma loyauté & ma franchise ordinaire.

» Que blâmez-vous dans ma statue ? *Mon* » *costume ?* C'étoit celui du tems où je vivois. » *La bonhommie de ma tête ?* Elle vous peint » la candeur de mon ame. *Ma maigreur ?* Cher- » chez-en la cause dans ma vie active & dans » une fièvre qui ne m'a quitté qu'à la mort. » *Mes traits ?* Voici ce que les Dames de Lyon » ont dit de ma personne, après un Tournois, » où le desir de leur plaire, plutôt que de faire » parade de mon adresse, me fit remporter la » victoire: *Vey lo, vey lo, cés tou* MALOTRU, » *qué est* SI LA, *& qué a mieulx fa quo ly* » *altro.* Le *choix du sujet ?* Quel est celui de » vous, braves François, s'il avoit eu le bon- » neur d'armer son Roi Chevalier, qui voulût » en choisir un autre ? *Je regarde mon épée ?*

(1) M. Lanlair au Sallon, page 35.

» *C'est que c'est à mon épée que je parle.* — *Je la* » *serre avec expression* ? Eh, mes bons amis! » je l'ai baisée dans mon délire.

» Non, Messieurs! je ne souffrirai pas que » mon ami Bridan choisisse dans ma vie un » autre trait; mais pour vous plaire, je souf- » frirai qu'il *ennoblisse* un peu l'expression de » ma tête: qu'il lui donne *moins de roideur* & » *plus d'action* : qu'il mette plus de *feu* dans » mon regard: qu'il m'ouvre un *peu moins* la » bouche: qu'il mette *plus de composition* dans » mon *ajustement*, puisque vous le trouvez » *trop mesquin*. Je le prierai aussi, pour ma » propre commodité, de me rendre le col *plus* » *souple*, l'œil moins *cerné*, les cuisses & les » jambes *plus à l'aise dans mon armure*; enfin » de me faire les mains d'un Guerrier; *car je* » *me blesse avec celles-ci* ».

Ce Discours produisit un excellent effet sur tous ceux qui l'entendirent. Plût à Dieu, dit M. Bridan en me serrant la main avec amitié, qu'il en fît un aussi bon sur ceux qui le liront.

Je m'entretins ensuite avec Bayard de mon combat; de mon aventure de la veille; de la réconciliation de Racine avec Molière, de ma longue absence. Je lui contai tout, à l'o- reille pourtant; car je ne voulois pas distraire le respectable Rollin, qui *prêchoit* alors sur le neuvième Commandement de Dieu & la Fidélité Conjugale ; Sermon qui étoit un peu étranger à mon Histoire de la Grotte.

Quand il eût dit son C'EST CE QUE JE VOUS SOUHAITE, MES FRÈRES : je pris la liberté de lui demander, depuis quand il étoit *Prédicateur* ? J'aurois même pris aussi la liberté de l'engager à modérer son *zele évangélique*, qui avoit sans doute contribué à cette *maigreur extrême* qui *perçoit à travers ses habits* (1), & que je n'avois pas *remarquée dans son portrait gravé par Baléchou*. Mais on annonça un Prince ; & quoiqu'un Prince ne soit qu'un homme tout comme un autre ; j'avalai ma langue par respect.

C'étoit le Grand Condé. — Aristarque (2) qui n'avoit pas voulu le *saluer*, il y a deux ans,

M. Rauland.

(1) Faire sentir le nud sous une soutanelle, n'est pas la mouiller, la coller sur les os ou la chair, & l'y tellement identifier, qu'il semble que cela ne fasse qu'une seule & même chose.

(2) Aristarque ne voulut pas le saluer il y a deux ans, parce que, disoit-il, ce n'étoit pas le grand Condé, mais un soldat du grand Condé qui racontoit son histoire à ses camarades. (Voyez Promenades de Critès, troisième Partie.

le ſuivoit *chapeau bas*. Cela me fit grand plaiſir. J'allois encore lui faire quelques obſervations ſur ſon bras droit, ... ſur..... Mais Ariſtarque m'impoſa ſilence, en me diſant qu'il n'étoit plus tems (1), & *je me tus*.

Nous cauſâmes un inſtant avec ce bon ami. J'aurois bien voulu le retenir; mais il s'y refuſa, parce que, me dit-il, on l'avoit déja compromis dans une Critique où l'on le faiſoit déraiſonner tellement que ſon nom pourroit nuire à la mienne (2).

Je lui demandai ſi ce n'étoit pas quelque Figaro. — Du tout, mon cher Critès, me répondit-il. D'ailleurs, il n'y a aucun riſque qu'il vienne des Figaro cette année au Sallon: je ſuis même étonné qu'il s'y trouve un Tarare. — Pourquoi donc, mon cher Ariſtarque?... Il ſe mit à rire, & regarda Saint Vincent de Paul.

---

(1) Mon tailleur, qui étoit à côté de moi, me fit pourtant une remarque ſur une choſe qu'on pouvoit corriger, c'eſt que l'emmanchure de ſon bras gauche n'en ſuivoit pas aſſez le mouvement; de façon, me dit-il, que ſi l'autre bras a le même défaut, ſon habit petera, & ce ſeroit dommage.

(2) Il y en a tant de ſi ſottes, ſans compter la mienne, que je ne ſais plus de laquelle il s'agit.

RÉPOS NÉCESSAIRE.

CRITÈS VA DINER.

Je ne sais pas qui a dit: » qu'un *Héros à jeun* est un pauvre Sire. » Cet homme-là assurément a menti; car moi, je ne suis pas un Héros, j'étois bien à jeun quand j'ai battu Ajax. Celui qui a dit encore: « Sans Bacchus & Cérès, l'A-» mour languit », n'y a pas vu plus clair; car moi, à qui le Bacchus de M. Deseine a refusé de laisser *mordre à la grappe;* moi, qui n'ai rencontré, au lieu de l'*aimable Cérès*, que des *Archidamiennes* à bras *couleur de roses flétries;* des Alectons armées de broches endiablées & des tisons de l'âtre de Proserpine, avec lesquels ces Archidamiennes embrochoient ces Messieurs, & brûloient *barbam barbam Aaron* du *barbu* (1) Aristomène. Moi, moi,

M. le Barbier, l'aîné. N°. 137.

(1) Aristomène étoit très-*velu*. Au point, qu'après le combat où il fut tué, on l'ouvrit, & on lui trouva le cœur *tout barbu*. Il faut espérer que quelque jour un Peintre d'Histoire, nous déterrera ce trait dans Pausanias, & nous le peindra dans un tableau de 10 *pieds carrés pour le Roi*. Ce sujet est digne du pinceau de M. le Barbier. Je défie au Sphynx de deviner la composition de son sujet des Horaces, N°. 138.

dis-je, je n'avois ni bu ni mangé, quand.... Suffit; on sait mon aventure de la Grotte. Mais de tous les menteurs du monde le menteur le plus menteur est celui qui a dit que: « qui dort dine, & que soufflets de main de » femme engraissent »; car moi qui ai bien dormi, & qui suis, grace à Dieu, largement souffletté, j'ai une faim que j'en suis tout maigri.

Ça, Messieurs *de la Peinture*, qui nous faites de si jolies choses tirées de l'Histoire Grecque & Romaine, *au lieu de traiter des sujets François*, & de nous peindre, par exemple, le beau trait de Pelisson à l'égard de Fouquet, ou l'action héroïque des sept Bourgois Calaisiens qui se dévouèrent pour la Patrie; au moins devriez-vous donner à dîner à ce pauvre Critès, qui est brave comme Achilles & aussi valeureux champion que l'Amant des neuf Sœurs..... Non: vous ne le voulez pas? Une fois, deux fois, vous ne voulez pas me donner à dîner?.... C'est bien dit. Pas seulement cette caraffe de limonade, ou ces pommes d'Apis & ces échaudés du bon petit papa *Rauland-de-la-Porte* que j'ai envie de baiser toutes les fois que je le rencontre avec son habit de la couleur du tableau de M. Doyen?

M. Rauland-de la Porte. N 58.

C'eſt conclu ? Eh bien! je vais chez l'ami Dalbaud; il ſera plus honnête que vous. D'ailleurs, on dit qu'il m'en veut, parce que je n'ai pas *dit un mot* de lui ce matin.... D'un *coup de plume* me voici dans ſon caffé.

La boutique de ce brave homme étoit pleine. Dans le fond, à gauche, étoient M. Lanlair, M. Coup de-pate, M. Tarare & ſon fidèle Calpidgi, M. Merlin, M. Noſtradamus, M. de Lantiblanc, M. Jean Laid-par-mille, le Couſin Jacques, M. l'*Amateur*, & l'Ami des Artiſtes en habit de Robin ou d'Abbé, je ne ſais pas lequel; enfin, il ne manquoit que moi pour completter la critique bande. De l'autre côté, près de la croiſée, étoient tous les Suiſſes que ma plume avoit tués, & tous ceux qu'elle avoit épargnés.

Comme ils ne me connoiſſoient point ni les uns ni les autres, j'aurois pu me mettre à leur éco; mais je préférai mon *inviſibilité* que je gardai pour tout autre que mon ami de cœur. Mon cher Dalbaud me fit ſervir, au lieu de café, une bonne bouteille de vin de Bourgogne, & au lieu de brioche, une merveilleuſe tranche de *jambon Grec*, qui avoit appartenu jadis à l'un de ces *Meſſieurs* du fond du tableau de M. Lagrenée le jeune..... Causez, Messieurs; moi, je dîne & j'écoute.

L'AMI DES ARTISTES *CONTINUE* (1)....... Enfin, quoiqu'en dise ce polisson de Critès, le Coligni a des *effets très-piquans*, & des *masses très-fermes*, & des *ombres très-vigoureuses*, *beaucoup de mouvement & de repos*, comme je le dis très-bien, page 10; & je trouve, malgré ses dents, l'Alexandre de M. Monsiau *charmant*, & *son cheval un superbe cheval*, *je n'ai point vu de plus fier animal*. Page 20, ligne 2, 3 & 4. Nous verrons ce que ce drôle-là dira aussi du Virgile de M. Taillasson; mais je le trouve d'un faire *bien sec & bien dur*, page 26, ligne 13. En vérité,. sa Madame Guyard, même page, ligne 19, *fait des têtes très-au-dessous de la Critique*, &c., &c.

La concordance des Critiques.

M. LANLAIR. — Je suis de votre avis sur bien des choses, Monsieur l'Amateur; mais *mon tableau à moi*, *ce sont les Fêtes de Bacchus. Il est d'un conception originale*, *d'une mâle exécution*, *d'un style nerveux. Les Bacchantes de l'avant-scène sont spirituellement grouppées*, *s'enlacent*

(1) Chacun avoit sans doute dit son mot. Je suis arrivé un moment trop tard. J'en aurois entendu de belles. C'est dommage!

avec souplesse & composent un ensemble piquant & très-agréable, comme je l'ai dit, page 21, lignes 11-12-13-14 & 15 de mon *excellente Critique*. Quant à ce qui est de M. Suvée : je trouve que son Sully, quoique j'en fasse un brillant éloge, *finit par nager à grande eau dans de la couleur morte*, page 15, ligne 17. Je vous abandonne M. Taillasson ; il ne vaut pas les 2 lignes $\frac{1}{4}$ de ma 26e page & les *quatre plats Vers* qui les suivent. Mais ne trouvez-vous pas aussi que Madame Lebrun a bien *troussé* (1) Madame Raimond dans son portrait ? que l'Aristomène est des *plus belles formes* ? l'Archidamie *noblement dessinée* ? le Soldat en arrêt *très-savant* ? & que M. Le Barbier a *une connoissance très-profonde de l'Antique* ?

La concordance des Critiques.

MERLIN. Pour moi, Messieurs, pour changer de thèse, vous direz ce que vous voudrez ; mais je suis de l'avis de Critès ; je trouve que *le tableau du N°. 5 est une toile de 5 pieds sur 10 ; & que celui de la Circé n'offre à tous les yeux clairvoyans que le vert sale d'un aubusson enfumé*, pages 5 & 6.

---

(1) Page 25, ligne 16. On ne s'imagineroit jamais de quelles basses expressions M. Lanlair peut se servir. Ah, mon petit Abbé, je te reconnois.

M. LANLAIR. Jour de Dieu! ce n'eſt pas vous qui nous le prouverez. Mais voyez donc un peu ce beau Philoſophe à lorgnette. Dieu merci, je n'ai pas la berlue, & je ſoutiens, moi, que vous n'êtes qu'un ſot, & que M. Lagrenée le jeune donne *infiniment d'eſprit* à ſes figures, page 13, ligne 21; & que ſon *faire eſt admirable*; & que ſon *coloris eſt précieux & même trop brillant*, page 14, ligne 8.

La concordance des Critiques.

Ici le grand Coup-de-patte ſe lève, & dit d'un ton en fauſſet qu'on ſe taiſe Meſſieurs :.... *Aio*,

« Car Meſſieurs, *Le Spectacle de la Nature*, &c.... J'ajoute de plus, Meſſieurs, que: » *perçant d'un œil philoſophique les replis du cœur* » *humain*, à propos de peinture, *j'y ſaiſis le* » *principe ſecret* de votre querelle, page 6. » D'où je prétends que vous êtes tous des ſots, » Meſſieurs; *mais pour moi*, *qui* (toujours p. 6.) » *reparois pour la cinquième fois armé du* FLAMBEAU *de la Critique qui m'a rendu* SOURD *à des* » *invectives qui pullulent même dans les Critiques* » *contre moi*, (toujours page 6). Je dis, je » ſoutiens, j'entends, je prétends, & nous » voulons, Meſſieurs, ſur-tout ce que deſſus » ou non deſſus, *qu'il auroit mieux vallu que* » *M. Suvée fît égorger ſon Coligni*; ce qui ſe-

La concordance des Critiques.

» roit plus *pathétique*, parce qu'un Héros qu'on » assassine est *magnifique à peindre*, page 13, » ligne 10 de ma première partie, & que cela » *feroit de beaux contrastes*, page 8 *idem*.

» Quant à M. Vien, Messieurs, à qui j'ai con- » seillé, il y a deux ans, de peindre *son ménage* » *Grec le cul en l'air*, je trouve qu'*il ressemble* » *cette année à un vieux garde-meuble d'un Châ-* » *teau ruiné, où il y a de méchans portraits de fa-* » *mille*, page 19 ligne 22. *Unde sic* je conclus, » Messieurs, que ces politesses charmantes, » ces propos délicats & galants, ces railleries » fines & ingénieuses, cet atticisme en fait » de goût & d'expressions, *m'attireront des suf-* » *frages honorables un jour*, page 6, ligne 18, » & *me procureront aussi quelque matin*, Mes- » sieurs, *un* ASSENTIMENT *général*, ligne 24, » *en attendant que je parvienne à mon tour à* » *exciter l'admiration que les grands talens n'ont* » *jamais manqué de me faire éprouver*, lignes » 26, 27 & 28 ». *AMEN*.

Après ce galimathias sublime, le grand *Coup-de patte* ne parla plus ; l'Ami des Artistes bâilla trois fois ; *Calpidgi* resta sot & muet comme son père ; l'infernal *Lanlair* fit de mauvais quatrains ; *Jean Laid* fit la grimace ; Nostradamus lui ferma la porte au nez ; Merlin montra les cornes, mon joli Singe cabriola; la Bourgeoise parla, parla, parla; l'ami Dalbeaud mit sa perruque sans devant derrière; moi, j'avalai de travers à force de rire, & les Suisses lui jettèrent leurs verres & le reste de leur punch au nez.

La concordance des Critiques.

Enfin, le Cousin Jacques se mit à chanter en langage moitié lunatique & moitié François :

Si vis bibere honestè
En hyver tout comme en été,
Fuge fatuos, cum quibus
On vous prendra pour *sottibus*.

Ce couplet, bien plus encore que les verres jettés à la tête de *Coup de-patte*, le fit décamper. Il ne resta au caffé que Merlin le Cousin Jacques, les Suisses & moi.... Eh morbleu! *vivat*, mes amis, m'écriai je en me rendant visible alors. Garçon, du punch! c'est moi qui paie. Mon Cousin riez sans faire la grimace, & nous serons bons amis (1). Toi, Merlin, je t'aime, tu raisonnes. *In Baccho sapientia*: c'est

(1) Le Cousin s'est cru personifié dans l'Ane promeneur, & m'a lâché une bordée d'injures lunatiques. Pour me venger, je lui envoyai à quelque tems de-là, une lettre sous le nom de Vallée mon polisson de Neveu.

La concordance des Critiques.

de l'Allemand, il falloit bien que c'en fut, car mes bons amis Suiſſes l'entendirent à merveille, & burent à ma ſanté d'auſſi bon cœur que moi à la leur.

Après beaucoup de queſtions ſur le Sallon, auxquelles je ſatisfis auſſi loyalement que je l'avois fait avec mes Bourgeois de la rue Greneta, il y a deux ans (1). Je demandai au gros Koliker ſi ſa jambe étoit guérie, je tâtai le pouls à Bardet, & je demandai à Aſſelin, comment il ſe portoit de ſa chute. « Oh *ſatier*, me dit le gros rougeot de *Founet* » Montſir » Critès, pien plis tavantage qué miéx depuis

---

Il la trouva très-plaiſante & très-ſpirituelle. Il auroit été bien fâché, dit-il, d'en priver ſes Lecteurs. On peut la lire dans ſon Numéro du mois de Septembre 1785. Qu'en dites-vous, Couſin? Cela vaut bien vos gaies injures.

(1) Je leur fis croire, entre autres choſes, que Sully étoit le père de l'enfant prodigue qui envoyoit poliment demander de l'argent à ſon père, pour faire la débauche avec ces groſſes filles aux gros appas du N° 83. Qu'Armide étoit la Belle au bois dormant, & Renaud Riquet à la houpe. Que le Curius de M. Peïron étoit le cuiſinier des enfans trouvés. Que le Scipion de M. Brenet étoit Joſeph chez Putifar, que ſon fils étoit le petit Benjamin, & les Ambaſſadeurs d'Antiochus, les cinq autres fils du Juif Jacob qui avoient mis leurs ſacs à bled à leurs jambes, crainte des couſins.

M. Brenet.

» que vous l'afre tuir qu'aparavant que li n'être » pas mort. Ce l'être un pléssir te morir com-ça, » il s'en portir miéx la camerade ; il bouir teux » coups pour ine tépuis... (*En me mignardant*). » Montre tonc nous ton plime té coq té » Tanégrida, si vous plé Montsir Critès, ché » serai pien obligé à vous toute fait.

Je leur montrai ma plume du Tanagra pour leur faire plaisir. Ils la trouverent *pien trole* & *pien choulie*, surtout quand, par son moyen, ils me voyoient, puis ne me voyoient plus, puis me revoyoient. Enfin, quand nous eûmes vuidé une vingtaine de boles, je leur fis mes adieux. Le Cousin Jacques partit pour la Lune. Le sage Merlin (1) regagna le *Pays des Incubes*, j'embrassai l'ami Dalbaud. Je reçus des croquignolles de la bonne maman son épouse, & d'un coup de plume je payai l'écot, *& zeste & crac Figaro meo*, d'un coup de plume me voici au Sallon.

RETOUR DE CRITÈS AU SALLON.

J'ai été Maître d'Ecole de Village ; j'avois en même tems la charge honorable de Sonneur de la Paroisse. Quand il m'arrivoit de m'absenter pour tinter le Pardon ou quelque

(1) Cette critique m'a paru une des plus judicieuses.

Baptême, tous mes petits Ecoliers s'en donnoient. Cela ne m'étonnoit pas; j'avois été Ecolier moi-même: or je ne suis pas comme ces vilains Pédans qui prétendent toujours avoir mieux vallu que les autres.

Quand je rentrois, ma marmaille s'en donnoit, Dieu sait comme. Pour ne pas m'en appercevoir, j'avois toujours une ordure dans l'œil. Ces pauvres petits, me disois-je, sont assez malheureux de la *contrainte* qu'ils éprouvent dans un âge qui ne respire que jeux & plaisirs; il faut bien qu'ils *se dédommagent un peu de la sottise qu'ont leurs parens de vouloir leur faire apprendre le* plain-chant *avant même de savoir lire.* Quand tout étoit tranquille: alors je prenois ma gravité magistrale & ma voix faux-bourdon: « Messieurs, on a fait » bien du bruit, que je crois? » —Non, Maître! non, Maître! Ce n'est pas moi, Maitre! j'ai été bien sage, Maitre. — A la bonne-heure, car..... Et puis, je faisois voir le petit martinet.

Je me doutai bien que pareille chose arriveroit pendant mon absence du Sallon, & que la plûpart des personnages qui sont dans les différens tableaux, pour *se dédommager* aussi *des contraintes & des attitudes guindées que leur ont*

donné

www.ingramcontent.com/pod-product-compliance
Ingram Content Group UK Ltd.
Pitfield, Milton Keynes, MK11 3LW, UK
UKHW021107220726
13924UKWH00004B/1558